青少版

至诚初心　播种未来

钟扬

童孟侯◎著

長江出版傳媒　湖北科学技术出版社

追梦者钟扬一生的轨迹

一、童年时代

出生于湖北黄冈，敏学多才，勇敢爱冒险，是同学和老师眼中的“故事大王”和能言善辩的“小辩手”。

二、少年时代

家风学风严谨、活泼上进、才气迸发，跳级参加高考，成功被中国科学技术大学少年班录取，是黄冈中学的骄傲。

三、青年时代

毕业后来到中国科学院武汉植物研究所工作，从学无线电工程出身跨界成为响当当的植物学家，从实习研究员晋升到研究所副所长。一头扎进植物学的海洋，将计算机知识运用到植物研究，实现重要的角色转变，更邂逅了完美爱情。

四、追梦时代

调入上海复旦大学任教，他用 8 年时间成功在上海种下红树林，给上海献上一份珍贵的礼物；

援藏 16 年，他率领团队发现了世界最高海拔处的植物鼠麴雪兔子和“XZ 生态型”拟南芥，收集了西藏上千种植物的 4000 多万颗种子，留下绵延后世的基因宝藏；

悉心培养复旦学生，更精心培育藏族学生，培养了一批藏族科研人才，为西藏大学申请到第一个生态学博士点和第一个国家自然科学基金项目；

心系科普教育，著书、翻译，为青少年开办公益科普讲座，传播科学魅力。

目录

第一章

渔舟唱晚

——最后的晚霞和最初的晨曦一样，都是太阳的辉煌

文学和植物学

当年，在那个报告文学兴盛的时代，我曾经被作家徐迟的《哥德巴赫猜想》和《生命之树常绿》打动，前一篇写的是数学家陈景润，后一篇是写蔡希陶的。

蔡希陶是我国伟大的植物学家之一。没有他在瑞丽的森林中发现两棵巴西三叶橡胶树，哪有后来遍布云南的中国橡胶林？没有他开始种植境外来的“大金元”烤烟种子，哪有后来闻名遐迩的“云烟”？1932年的时候，他已经闯进云南原始森林，三年跋涉，风餐露宿，虫叮蛇咬，采集到1万多号植物标本和种子，却差点因为中了瘴气之毒丢掉性命。

年轻时的蔡希陶文笔相当好。鲁迅对他说：我刚看了你的一篇小说，写得很有气派，虽然是个小伙子，你有关东大汉的气派。

如果蔡希陶写下去，成为一个著名作家是不成问题的，再说还有鲁迅先生推介。可是，蔡希陶被植物迷住，不写小说了，他和鲁迅先生走了一个逆向：鲁迅从植物学、医学“改行”，变为一个文学家；而蔡希陶，从一个出色的文学作者，转变为一个植物学家。

这样的擦肩而过很有趣，也意味深长。

伟大的德国诗人歌德，他创作了书信体小说《少年维特之烦恼》，还有结构宏伟、想象丰富、辞藻华丽的诗歌《浮士德》，这些代表作可谓传世经典。然而，歌德也是一位植物学家，和蔡希陶不同的是，他不转向，兼为文学家和植物学家。

文学和植物学是不是有一种隐秘的丝线牵扯着呢？我一时想不清楚，琢磨了好久也琢磨不透。但是我很清楚：没有植物，这世界就“消亡”了；没有文学，人的脑袋就“消亡”了。

我所知道的一点牵连是：不少青少年，正是看了徐迟的报告文学，高考时报考了大学的数学系和生物学系。

我老在想：什么时候我也能采访一位神秘的和文学有牵连的植物学家？或者采访一位和植物学有着深深情结的文学家？探索一下那根神秘的丝线？

《中国植物志》已经出版，它有 80 卷，共 126 本，字数达到 5000 多万，光是目录就有厚厚的一大本，绘图就有 1000 多幅。让我感到欣喜的是这套书的作者达到 312 位之多，绘图员达到 164 位之多，他们整整编绘了 45 个年头，才奉献出如此巨著。我不相信，在这312位植物学家里找不到我要采访的对象，解不了我心头的那个结。

机会来了，2006年，上海市政府决定在建设“上海世博会”的同时，建造一个配套工程——规模浩大的上海辰山植物园。

2010 年“世博会”开园前夕，我赶到辰山植物园采访了它的科研中心——植物园的首要功能不是卖门票让游客参观游览，而是搞植物研究——这时，已经有 20 多位植物学家汇集于此，他们悄无声息地忙碌着，要么在全国漫山遍野地跑，收集小种子和小根苗，要么一头扎在植物园潜心研究。

已经种在辰山植物园的那些小不点儿，有着比人的户口簿详尽得多的数据记录，“采集记录表”上写得清清楚楚：何年、何月、何日、何时采集的？采自什么省、什么县、什么乡、什么村、什么组？采自哪一座山？是悬崖峭壁？还是一般的陡坡？是缓坡？是向阳的坡？还是背阳的坡？是种在什么土壤里的？是红壤？是黄壤？是黄棕壤？是棕壤？是暗棕壤？是紫色土？是石灰土？是潮土？是草甸土？是沼泽土？是水稻土……定位非常精准，丝毫不能错，林林总总的 100 多个空格填得满满登登。

植物学家为每一株小苗苗建立条形码，手机一扫，信息一览无余。

我试着和辰山植物园的植物学家聊聊公园曲径，聊聊馆所设计，聊聊证券指数，也聊聊报告文学和小说……他们不是很健谈，附和我几句而已，爱理不理的样子，很忙碌的样子。可是，一旦说到刚刚收集到的某种植物的种子和小苗，他们即刻亢奋起来，拿出中国在世界最有权威的植物学期刊上发表的报道和相关的论文，开始解释起来……

这些，大概就是他们的全部爱好吧。虽然是那么的专注和可爱，但他们仅仅是“理工男”，和文学并没有什么牵连，不是我想要追寻的那类植物学家。

这一次采访，我以失败告终。

文曲星和掉落的星

2017 年的 8 月底，我偶然在网上看到复旦大学植物学家钟扬的一场精彩讲演，题目叫《种子方舟》。我窃喜，一直想好好采访一位植物学大家的愿望大概可以实现了，他很“文学”。

钟扬教授少年时期和青年时期非常喜欢文学。小学三年级，他就在《黄冈日报》上发表了一篇文章，题目叫《〈闪闪的红星〉观后感》，那是他看了电影《闪闪的红星》之后的一点感受。全校同学都看了这部电影，也都写了作文，唯有他，观后感被《黄冈日报》发表了。可以肯定，钟扬的观后感是够得上发表水平的，《黄冈日报》对来稿要求严格，可不像街头小报那么随意。

长大成人后，钟扬在报刊上发表过很不错的散文和诗歌。读大

意气风发的文学少年钟扬

学时，钟妈妈每个月只给他 12 元的生活费，再加上 3 块钱的零用钱。钟扬觉得一个月 15 元实在不够用，于是就写了一首诗拿出去发表。

得到 10 块钱稿费之后，钟扬很得意地告诉同学：做人要直，但是写诗要“曲”，天上管写作的叫“文曲星”，不叫“文直星”嘛！

哦，真的，文学和植物学的牵扯是不是又有了例证？我是不是可以找到那根无形的丝线了？那个年代，要发表一首诗绝非易事，要得到稿费也不是说得就能得的，显然，这个钟扬有文才。那么，他为什么不从事文学创作，而跑到植物学的领域来了呢？悬念多多……

我加速采写那篇关于南海吹填工程的稿件，准备掉过头来，立刻聚焦未曾谋面的植物学家钟扬教授。

可是，可是就在 2017 年 9 月 25 日，传来了一则噩耗：钟扬走了，在赶往银川机场的途中发生严重车祸！真的走了！这离他的那场精彩演讲《种子方舟》只不过 1 个多月，他只不过 53 岁，他肩上的那只沉重的双肩包永远地放下了！

我叹息不已，为自己叹息，更为钟扬叹息……

钟老师啊，9 月 9 日，您不是刚刚为两个儿子云杉和云实过完生日，吃完蛋糕，吹完蜡烛吗？

钟老师啊，上个礼拜您不是还在微信群里招募小伙伴，准备在 10 月 1 日进西藏考察吗？

钟老师啊，3 天之前的 9 月 22 日，您不是还和您的发小、作家黄梵约定好，让他到拉萨去一次，请他写一个关于植物种子的电影剧本吗？

钟老师啊，两天之前的9月23日，您的大儿子云杉发微信给您，想让您辅导一下科创作业，您不是还回了信：科创的事我回来跟你谈，周末愉快！

钟老师啊，昨天，9月24日，您不是还在候车的片刻为科普节目《科学队长》录制植物学内容吗？

钟老师啊，同一天的9月24日，傍晚时，中国科学院的研究员曹则贤不是给您发微信问“你在哪儿呢”，您回复“今晚讲学，明晨离去”。啊啊，您为什么要回复“明晨离去”呢？您不能回复“明晨赶飞机”吗？您怎么能随随便便写什么“离去”呢？

三天之后的9月28日，您不是还要到拉萨参加理学院生态学一流学科建设研讨会吗？

五天以后，您不是答应您的学生德吉陪您去八廓街量身定做一套藏袍吗？

您的藏族名字叫索朗顿珠，您不是打算在国庆之后请个优秀的藏族老师教您讲更多的藏语吗？您不是对目前只能听懂1/4的藏语感到不满足吗？

您不是已经答应在10月份接受《上海观察》记者的采访吗？

您不是已经告诉您的中学物理老师余楚东，正在给他做一个植物标本吗？

您不是已经得知，复旦大学早就准备好材料为您申报中国科学院院士吗？

钟老师啊，您，您怎么就这样突然撒手而去？钟老师啊钟老师！您的生命怎么就定格在2017年的9月25日？您才53岁不是83岁啊！

哦，您的藏族学生已经为您点起几十盏酥油灯，祈祷您超度为佛，因为您永远是他们心中的佛！

您的藏族学生征得您父母和您妻子的同意，要了您的部分骨灰，一半制成了佛塔嚓嚓，在一个藏历吉日，安置在拉萨市郊的一个幽静的寺庙周边的山上；另一半骨灰，在您的“四七二十八天”的忌日，撒入雅鲁藏布江主河道。

这是藏族人的最高礼节了，相信您也是最愿意的，钟老师！

我最欣赏的是上海音乐学院教授何训田创作的一首歌词，他这样写道：最后的死去和最初的诞生一样，都是温馨时光；最后的晚霞和最初的晨曦一样，都是太阳的辉煌。迎接生命的时候，这一方山水离蓝天最近；送走生命的时候，这里的乡亲高高仰望。

何等通透啊！是这样的，太阳，它每时每刻都是夕阳也都是旭日……

第二章

不负当年少

——为什么不让我试一试

钟刚阳和钟扬

追根究底，钟扬其实不是湖北人，而是湖南农村人，具体是：湖南省新宁县双丰乡故里坪。

钟扬的爸爸钟美鸣是经过 1955 年全国举办第一次统考，从湖南新宁县双丰乡考上大学的，入学华中师范学院（现为华中师范大学）政治系。他感叹道：我通过读书改变了命运，要不然还要在家继续务农。

钟扬的妈妈王彩燕也是乡下人，她的爷爷奶奶，她的爸爸妈妈都是种田人。王家和钟家相距只有 6 里地，两户农家人的长辈还都互相认识。王彩燕高中毕业，凭过硬的分数，考取了陕西师范学院（现为陕西师范大学）化学系。

巧的是这两个湖南邵阳老乡，毕业后都被分配到湖北的黄冈中学，一个当政治老师，一个当化学老师。

在那个时代，大学毕业生是不能自己找工作的，全部由学校分配，单位录取。明明是两个湖南人，完全可以分配到长沙去或者邵阳去，不，叫你们到湖北去当老师，没有讨价还价，去吧。

于是，钟美鸣和王彩燕的恋爱显得那么顺理成章：农民，老乡，大学生，老师，同事……不久，他们成了夫妻，没有浪漫的恋爱经历，不需要双方父母同意，一切都自然而然，水到渠成。

1964 年 4 月 30 日，王彩燕老师挺着很大的大肚子还在学校里为学生上课，忽然，她觉得有点肚子疼，上完课，离开学校到医院去了。劳动节过后的 5 月 2 日，小钟扬从妈妈的肚子里“破壳而出”，来到了这个世界上，6 斤 8 两。虽然是早产，但是分量不轻。小家伙很安静，不哭也不闹。

护士抱着他笑了：长得蛮漂亮！

给新生儿起个什么名字呢？钟爸爸说：孩子们不是早上八九点钟刚刚升起的太阳吗？那就叫“刚阳”。

钟妈妈说：太俗了吧？叫起来也不顺口，钟刚阳，再起一个。

钟爸爸想了想说：我们黄冈不是傍长江而立吗？长江不是祖国的母亲河吗？长江不是也叫扬子江吗？那么我们就取这条河的第一个字：扬，就叫他钟扬吧？小名呢，就叫扬子。

读语录和背语录

钟扬三四岁的时候，正值“文化大革命”爆发，学校停课了。

钟美鸣老师和王彩燕老师都没有事情做，于是就在家里教小钟扬写字背书。手头现成的书籍只有《毛泽东选集》和《毛主席语录》。

可是，3 岁的钟扬不识字，怎么看《毛泽东选集》？于是，钟爸爸就教他背诵《毛主席语录》。第一条，听好了：领导我们事业的核心力量是中国共产党，指导我们思想的理论基础是马克思列宁主义。

什么是“事业的核心力量”？什么是“马克思列宁主义”？小钟扬根本不懂，他只能死记硬背，爸爸读一句，他跟一句，一直跟到能背出来为止。

这样的背诵不是随随便便的，不是拍皮球，想背了背，不想背了就不背。不，钟爸爸是下达指标的，一天背一条，365天就是365条，必须背下来。

一年之后，小钟扬就跟很多大人一样，会背全本的《毛主席语录》了。无论哪一条，只要提醒最前面的几个字，比如：“地主阶级”，钟扬就会立刻开始背下去：地主阶级对于农民的残酷的经济剥削和政治压迫，迫使农民多次地举行起义，以反抗地主阶级的统治。……在中国封建社会里，只有这种农民的阶级斗争、农民的起义和农民的战争，才是历史发展的真正动力。

钟爸爸随意翻到第129页，又提示开头的两个字：“从旧”。小钟扬立刻就背了下去，一字不漏，一字不差：从旧学校培养的学生，多数或大多数是能够同工农兵结合的，有些人并有所发明、创造，不过要在正确路线领导之下……

什么是“正确路线”？什么是“工农兵”？三四岁大的钟扬还是不懂，他连字都不识一个。

钟妈妈叹息：要是当年有条件，让扬子背语录的同时，背些汉赋、唐诗、宋词、元曲，那么他的文化底蕴还要深厚一些。就是让他背家乡的《岳阳楼记》也是好的呀，那些句子将会陪伴他一生：……至若春和景明，波澜不惊，上下天光，一碧万顷；沙鸥翔集，锦鳞游泳；岸芷汀兰，郁郁青青。而或长烟一空，皓月千里，浮光跃金，静影沉璧，渔歌互答，此乐何极！登斯楼也，则有心旷神怡，宠辱偕忘，把酒临风，其喜洋洋者矣……

土布背带裤和牛仔裤

钟扬的爸爸妈妈对钟扬的教育是极其严格的，言传身教，潜移默化，一板一眼。但是，有一次钟爸爸不是“潜移默化”，而是大动肝火了！

原来，那年月买布头做衣服需要布票（每个人每年发到极少的一点布票），没有布票，哪怕钱再多，也只能穿旧衣服，或者缝缝补补穿破衣服。钟扬长得快，衣服裤子老是跟不上。怎么办？反正奶奶在湖南的乡下，她老人家就自己种棉花，自己除草，自己采摘，自己纺线，自己织布，自己染色，自己做衣裳。她特地给小钟扬做了一条比较宽大的工装裤，也就是农村土布做的背带裤。

5 岁的小钟扬兴高采烈地穿着背带裤和小朋友出去玩，可是中午回家吃饭时，钟爸爸发现钟扬身上的土布裤不见了，就问儿子：扬子，背带裤呢？

钟扬说：小朋友都说这条裤子不好看，我扔了。

什么？你竟然把奶奶做的裤子扔了？钟爸爸操起一根竹棍，狠狠打钟扬的屁股，一下接一下，啪啦啪啦，下手极重，呼呼作响。

钟妈妈赶紧夺下竹棍：你发疯了吗？美鸣！你这么打孩子啊？

5 岁时发生的事情，过了 45 年，到了 50 岁时，有一天钟爸爸突然问钟扬：我只打过你一次，那一次你还记得吗？

钟扬哈哈笑了：怎么不记得？屁股都打肿啦。

从此以后，钟扬对农村特别眷恋，对布头特别爱惜，对衣服裤子的要求特别低，他一个堂堂的复旦大学教授，除了西装笔挺出席正规的会议和仪式，其他时间总是穿一条牛仔裤，那是他在拉萨的地摊上买来的，仅仅 29 元钱。牛仔裤已经泛白了，还在穿；牛仔裤的裤裆和膝盖处破了，补一补，还在穿。他的三件替换衬衣，买来也只有五六十元一件。他的运动鞋的鞋底几乎磨平了，他还在穿，不舍得买新的。别人都用上了智能手机，3G、4G，苹果、华为、小米，只有他还在用一款老式的诺基亚直板手机。学生都劝他换一个好一点的手机，他不舍得，说：只要能打通电话就行了。

谁能说这条廉价的牛仔裤和 5 岁那年钟爸爸的那顿“竹笋炒肉”没有关系？谁能说在潜移默化的同时，不需要辅之以“强制灌输”呢？谁说享乐的程度和金钱花费的多少成正比？事实上，许多能令我们身心愉快的享乐，都不需要太多的花费。

教育的重要作用是改进人性的弱点，提高人格的良知和尊严感，从而使人类的优良文化代代相传。

有一次，钟扬和朋友们到四川人开的饭店里去吃火锅，一位毛手毛脚的服务员竟然把辣椒火锅汤洒在了钟扬的牛仔裤上。钟扬赶紧用餐巾纸吸了吸，摇摇手说：没关系，不要紧的。

他说的“没关系”，一个意思是谁都有失误的时候，可以原谅；还有一个意思是这条牛仔裤其实只有29块钱，怎么赔呀？

农民主任和不到读书年龄的学生

总算熬到了小钟扬可以上小学的年龄，掌管八一小学的是从农村请来的几个农民，都是贫农和下中农，叫“贫宣队”。那年月，无论是老师还是同学，都要接受贫农、下中农的“再教育”，贫农、下中农说什么，那就是什么，知识分子是“臭老九”。

小学“校革会”的农民主任查一查登记表，钟扬小朋友6岁还不到，就断然回绝了：他不能读小学，还要等一年，下一个！

钟爸爸说：主任，我儿子已经会背《毛主席语录》了，不要看他年纪小。

农民主任很好奇：好呀，背背看，让他现在就背！

背什么呢？钟爸爸当然要选有关教育方面的语录。他给小钟扬提示了几个字：“我们的教育方针”。

钟扬张口就来：我们的教育方针，应该使受教育者在德育、智育、体育几方面都得到发展，成为有社会主义觉悟的有文化的劳动者。

农民主任频频点头：这孩子背得一个字都不差，很好。

钟爸爸又提示了几个字：“一个百人”。钟扬立刻背道：一个百人的学校，如果没有一个从教员中、职员中、学生中按照实际形成的（不是勉强凑集的）最积极最正派最机敏的几个人乃至十几个人的领导骨干，这个学校就一定办不好。

▲ 会背《毛主席语录》的小天才

农民主任拍拍台子：好好好，背得很好。你被录取了，你叫什么来着，钟——扬。

就这样，6 岁还不到的小钟扬破格进了小学的大门，这是他第一次“破格”，读中学的时候还有一次“破格”。

病休和期终考

读小学的时候，小钟扬好奇心特别重，他对什么都感兴趣。一次，他在书上读到了一点关于电池的知识，就把家里手电筒里的电池倒出来，然后用铁钉打出小洞，再往洞里灌入各种各样的酸性液体。

钟妈妈下班回家，看见地上一堆被搞废了的电池，她拿起竹棍把他痛打一顿了吗？没有，她非但没有怪罪小钟扬，还把他带到学校实验室去观摩实验课，带他到校办工厂参与汽车蓄电池用浓硫酸的稀释工作，激发儿子对化学的浓厚兴趣。

后来高考时，老师发现钟扬的化学成绩非常优秀。

小学三年级的时候，小钟扬得了肾病。医生关照：在家休息，不能上学，更不能吃力。

钟妈妈关照他：在家休息，不要出去。

钟爸爸和钟妈妈就把小钟扬一个人关在家里，自己上班去了。临走的时候，钟妈妈突然想起得肾病的人不能多吃盐，家里的那罐盐藏在哪里好呢？小钟扬说：妈妈，您不用藏，我不会吃的。

两个大人平时没有时间管孩子，现在孩子得了病，他们仍然都没有时间管。钟爸爸后来担任黄冈地区教育局的科长，他大抓教育，创立了“严”“活”“紧”的教学体系。钟妈妈要教黄冈中学 6 个班级的化学，忙得不亦乐乎。

晚上，好不容易盼到爸爸妈妈下班回家，小钟扬说：妈妈，我在家里没有事情做。

钟妈妈抚摸着他的头：你就唱唱歌嘛。

小钟扬说：唱过好几遍了。

钟妈妈心想：也对啊，不能让孩子在家里唱十几个小时的歌啊。

钟爸爸问：扬子，我布置的练字作业，你练了没有？

黄冈，是活字印刷发明者毕昇的故乡，是明代医圣李时珍的故乡，是地质学泰斗李四光的故乡。姓钟的祖先，就有钟繇和钟子京两位。应该代代相传才是。钟爸爸悄悄收集碑帖，花了 3 个月时间，硬是把文天祥的《正气歌》柳体字找齐，自己先临摹过关，然后再让小钟扬临摹。

小钟扬拿出一沓宣纸和方格纸，那上面有他临摹的毛笔《正气歌》，还有每天一页的钢笔字。爸爸细细查看，他嘴上不说，脸上不笑，可心里乐开了花：儿子的毛笔字写得真是棒，端端正正，横是横，竖是竖，一笔一画皆有来历。

钟爸爸很少夸奖小钟扬，他对儿子提出这样那样的要求，一次比一次高，一次比一次严，他似乎要在家里建立起他的“严”和“紧”的教育体系。到了耄耋之年，钟爸爸才承认：我对钟扬过于严厉啦！

钟妈妈说：扬子，你病休，就在家看看三年级的课本吧，自己温习功课，就不会没有事做了。

小钟扬说：我在温习，可是您说过生了病不能多学习。

钟妈妈说：我给你带来几本《十万个为什么》，你好好看看。

整整一个学期过去了，同学们上课上了一个学期，小钟扬病假了一个学期，没到学校去过，没上过一节课，学业自然是拉下了。钟爸爸说：下个星期你们三年级要期终考了，你没有上过课，跟不上了，就留一级吧？三年级重新读一遍。

小钟扬说：爸爸，为什么不让我试一试？我也参加期终考，试试看。

班主任同意了，把考卷带到了钟扬家，一个人监考，一个人做试卷，按规定时间收卷。班主任阅卷后说了三个字：留么级？

那是湖北话，意思是“留什么级”？小钟扬的期终考成绩很不错，他可以跟同学们一起升上四年级。

钟扬从小就喜欢讲“为什么不让我试一试”。试一试，就是如今欧洲人说的Just try it，意思是尽管去试，可以去试。可不嘛，我们不试怎么知道不行？试过了也许知道自己能行。试一试，被认为是勇于尝试，克服自我局限性的金玉良言。

领导人也好，家长也好，最可怕的一句话是“你不行”；员工也好，孩子也好，最可贵的一句话是“让我试一试”。

“故事大王”和公益讲座

小学升初中之后，不知怎么的，小钟扬忽然成了班级里的“故事大王”，他喜欢给同学们讲故事。也许是厚积薄发，也许是肚子里的故事已经多得溢了出来。他时常滔滔不绝，下回接着上回讲，白天接着晚上讲，今天接着昨天讲。

他同班最要好的朋友叫黄梵，总是一言不发，静静地听他讲。黄梵和同学们一样，太喜欢听钟扬讲故事了。

钟扬讲邱少云的故事，讲刘胡兰的故事，讲雷锋的故事；也讲《西游记》《水浒传》《三国演义》……《水浒传》有100回，《三国演义》有120回，《西游记》有100回，钟扬怎么讲得完？即使一次讲一回，也得讲一年。这些经典故事都记在钟扬的脑海里，过目不忘，读过不丢，他的记忆力超强，他的表达能力超精彩。

于是，吃饭的时候他在讲，课余的时候他也讲。

下乡劳动回来，班主任就来找钟妈妈告状了：你们家孩子一直讲故事，吃了晚饭讲，回到宿舍讲，熄灯之后我去查房，四五个同学都躲在他的床上，还在听他讲故事，黑灯瞎火的不睡觉。我批评他好多次，没有用，熄灯之后还是不睡觉，还是讲故事。我又不能睡在学生宿舍里一整夜监督他们。有一天劳动内容是到农田里拔棉花秆，就是棉花摘完之后棉花秆不要了，必须都拔掉……

钟妈妈说：这个我懂，我是农民出身，这些活儿我都会干。

班主任接着说：每两个同学一垄，笔直往前拔棉花秆。我发现钟扬和他边上的同学负责的那几垄棉花秆，只拔掉很少一点，其他同学快拔到头了。我过去一看，同学们都围着钟扬，坐在田头听他讲故事呢！不干活，讲故事，不干活，听故事。气死我了！光是读书成绩好，劳动不好也是不行的。

钟妈妈问班主任：钟扬讲的是坏故事还是好故事？

班主任说：他讲的故事倒都是好故事。

钟妈妈“哦”了一声。那一声“哦”意味深长。

晚上，钟妈妈把小钟扬叫到跟前：扬子，你们老师来告状了。

钟扬说：我知道他要告状。可是妈妈，不是我把同学们叫来的，而是他们自己围拢过来的，他们一定要我讲故事，我也没有办法。

钟妈妈道：老师说了，你再这样讲下去，就不给你评好学生了。

小钟扬脑袋一倔：不评就不评。

谁都没有料到，钟扬“故事大王”的称号伴随了他一生，朋友聚会常常成了他的“故事汇”和“故事会”；他还在公益的科普讲座上讲故事，那可是一本正经的工作，他已经讲了100个故事，还在准备再讲100个故事。

钟扬的多位同事和学生都说：有的故事是我讲给钟扬听的，但是听他重新讲一遍，就变得津津有味了，好像这故事不是我讲的，而是他的“原创”。

写了或者讲了出色的故事，除了仰赖人生经验和独特的观察和想象外，便是卓越的故事编造技术。

一位老师说：如果有一天我离开工作岗位了，我一定要去找他，在挤满了仰慕者的大厅里，找一个小凳子静静地坐下，听他讲，听他永远讲下去！

这位老师可不是他的学生，而是非常专业的科学研究员。

吴家睿教授甚至说：我希望钟扬只选择做一件事，讲！讲知识，讲故事，讲笑话！在单位讲，到全国讲，去世界讲！他只讲了他要讲的很小一部分，仅仅这一小部分已经给了我们无尽的欢乐和启迪。人应尽其才！

钟扬不单是“故事大王”，还是能言善辩的“辩手”。有一次，他到南京的一个大学里去看望他小时候的同学，这个宿舍住了15个学生，大家听说钟扬喜欢辩论，于是挑了一个话题和他辩起来。

钟扬说：有本事，你们排队来辩，我们挨个单挑！

经过 3 个小时的车轮大战，舌战群儒，钟扬把 15 位大学生都说服了，赢得了辩论的胜利。

跳级高考和少年班

有一天清晨，钟扬拿了一本英语书，爬到城外的一个山上早读。

一会儿，一个农村的小伙子爬上山来，他挑着一担土粪往山坡地里送，累得满头大汗。撒完了粪，他用羡慕的眼光看了钟扬一样，然后挑起空担子，慢慢下坡了。这一瞥，深深刻进了钟扬的心，他想：中国的农民还这样苦，劳动方式还这样落后，多么需要用科学文化来改变这种状况啊！

后来，钟扬以这件事为题材，写了一首诗，发表在《中岳》杂志上。

1979 年，教育部出台一项规定，出类拔萃的高一学生可以直接参加高考。也就是说，虽然高二和高三都没有读过，但可以连跳三级，就像运动场里的三级跳；也就是说，如果直接考上大学，就可以不读高二、高三，小小年纪就可以迈进大学，戴上大学校徽成为大学生了。

这对优秀的高一学生的吸引力是巨大的。黄冈地区有 23 个优秀学生报名参加特殊高考，钟扬和同班好友黄梵都报名了。他们两人一直是班级里成绩最好的学生，每次考试，无论单科还是总分，不是钟扬第一，黄梵第二；就是黄梵第一，钟扬第二。钟扬不但数学好外语好，语文成绩也拔尖，他的每一篇作文都作为范文，贴在学校门口，让全校同学们欣赏，不是偶然的一篇贴出去，几乎是篇篇。

▲ 学生时代钟扬（中）与同学黄梵（右）、黄濛（左）合影

后来，在钟扬的不断鼓动下，理科成绩拔尖的黄梵走上文学道路，成为一名知名作家。而语文成绩拔尖的钟扬，却走上了科研的道路，他们俩擦肩而过，就跟蔡希陶和鲁迅逆向而行相仿，非常有趣。

直到黄梵成为作家，加入了作家协会，出版了长篇小说，好胜心极强的钟扬这才承认说：我的作文不太可能超过黄梵啦！

参加特殊的跳级高考，黄梵考上了南京理工大学。钟扬也报名要参加高考，可是钟爸爸阻止说：扬子，你不能参加，你必须放弃这次高考的机会。

钟扬诧异万分：爸爸，为什么？

钟爸爸说：我作为招生办副主任，要处理几万考生关心的问题，我的儿子就非避嫌不可。

钟扬问：为什么在我身上就不能“机会均等”？为什么不让我试一试？

钟爸爸说：不能试一试，因为我是这个地区的招生办副主任，我就是管这个的，如果你去考，人家会觉得我开后门，让自己的小孩跳级去高考，这对高三年级的考生是不公的。

钟扬说：大家凭本事去考，凭分数录取，有什么后门可开的？我又不是不考试直接被送到大学去，招生办主任的儿子反而不能参加招生？

钟爸爸斩钉截铁：扬子，你就是不能参加！要参加也是明年参加，让我退出招生工作才可以。

钟扬气坏了，一摔门走了，三天三夜不理睬钟爸爸，三天三夜不叫“爸爸”。长大后的钟扬总结过：从小自己跟爸妈不一致，很苦恼；读书以后跟老师不一致，很苦恼；上班以后跟领导不一致，也很苦恼。

可是这一回，钟扬和老师很“一致”，班主任知道了这件事，前来看他。其实，湖北省招生办已经同意钟美鸣的儿子钟扬参加高考，可是钟扬的爸爸说什么都不同意。班主任安慰钟扬道：我们都知道这件事对你是不公平的，但是你父亲决心很大，大家对他的做法也很服气，你不要再惹他生气。

钟扬沉默，不讲话。

班主任又说：你不能参加正规的高考，去考中国科大（中国科学技术大学的简称）少年班怎么样？

什么“中国科大”？什么“少年班”？钟扬的愁眉苦脸立刻消失了，他仰起脸，希望又来了，机会又来了！虽然他不知道中国科学技术大学少年班在全国赫赫有名，要考取这所大学千辛万苦，而且考上的学生无一不是少年天才。

1979 这一年，中国科学技术大学只在全国招收 20 个少年班学员，在整个湖北省只招收 2 名。湖北省黄冈中学的少年钟扬能考取吗？暂且把激烈的竞争放在一边，还不知道钟扬的爸爸钟美鸣是不是同意？他会不会又有什么“群众反映”的顾虑？

钟扬找到爸爸，说：我要去考中国科大少年班，您难道还是不同意吗？为什么不让我试一试？

钟爸爸沉吟了，他知道，中国科大的招生和黄冈地区的高考招生没有任何关系，中国科大自主招生，自主出题，自主阅卷，自主面试，自主复试，自主录取，完全独立操作。钟爸爸终于点头了：好吧，你可以去试一试。但是你还不到15岁，今后机会还很多，考不上还可以再参加普通高考。钟扬高兴得跳了起来，呜啦！

经过初试，中国科大的老师说：钟扬同学，你的语文很好，没有问题，你爸爸是语文老师还是政治老师？你的化学成绩也很好，你妈妈是化学老师吧？可是你的数学和物理我们还要复试你。

真是过五关斩六将！

钟扬很紧张地点点头，他同意复试，他等待中国科大老师发给他物理试卷和数学试卷。没想到老师仅仅发给他一张白纸，说：没有试卷，我现在口头告诉你题目，我说完你就开始做。

钟扬低头猛做，唰啦唰啦，总算做完了，走出了临时考场。钟爸爸问：扬子，考得怎么样？

钟扬摇摇头：看样子没希望了。

没想到第二天传来好消息，黄冈中学的钟扬同学经过笔试、面试和复试，被中国科学技术大学录取了。中国科大给湖北的两个名额中，他就是其中的一个。

钟爸爸的好多同事都吵着要钟爸爸去买糖，大家庆贺一下。钟爸爸很冷静，说：等正式通知吧。

第三天，黄冈中学张校长说：录取通知寄来了，钟扬被中国科

中国科学技术大学
通知书
我被录取了!

大少年班录取了！

钟扬跳了起来：我录取啦，录取啦！

钟妈妈立刻下楼，到食品店去买糖。那个年月，大家都很穷。钟家没有条件到饭店里去摆上几桌，请大家喝酒吃饭。谁家有喜事了，也就是分几颗糖吃，甜甜蜜蜜地，也就是表示祝贺了。再说，黄冈没有水果店，连饼干都买不到，能买到的只有两种低档次的水果糖。

很多报社记者，很多亲朋好友，都要见见这个突然冒尖的少年才子钟扬，听他谈谈经历和体会。钟爸爸又来“泼冷水”了，他对小钟扬说：这是几家欢乐几家忧的事情，你不要得意忘形，不要刺激别人。省招办主任孙伯伯的儿子今年已是第二次高考，这次又是只差几分，落榜了。赶快启程吧，爸爸每个月给你 12 块钱的生活费，给你 3 块钱的零用钱，一共是 15 元。不是放暑假和放寒假，你不能

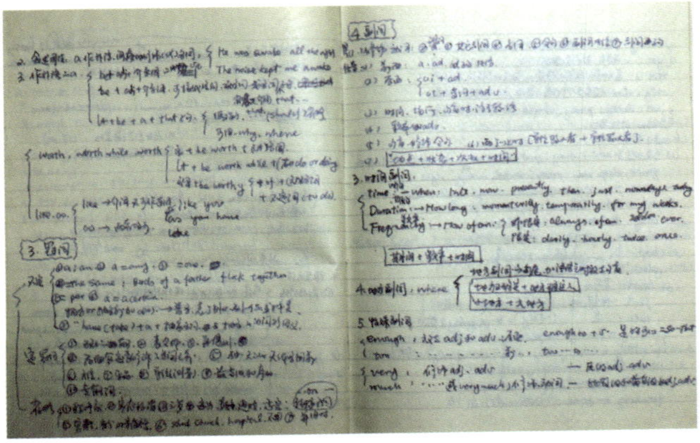

▲ 少年钟扬的学习笔记一

回家，在科大抓紧时间刻苦学习。

钟扬和黄梵紧紧握手：我们一起走，上大学去！

他们一个到南京，一个到合肥，虽然离得不远，但平时靠通信联系，要见个面，还真的没有“经济实力”。

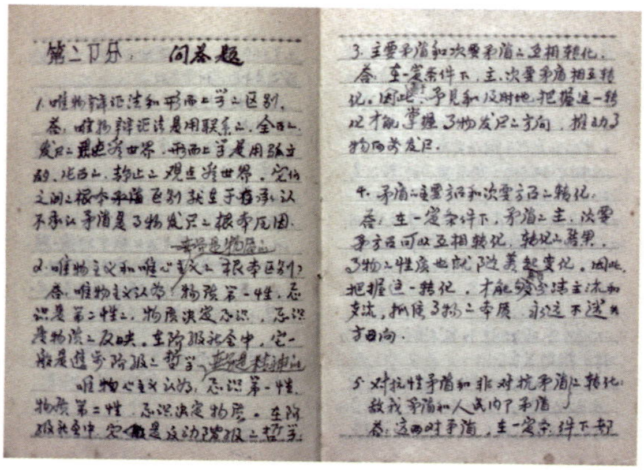

▲ 少年钟扬的学习笔记二

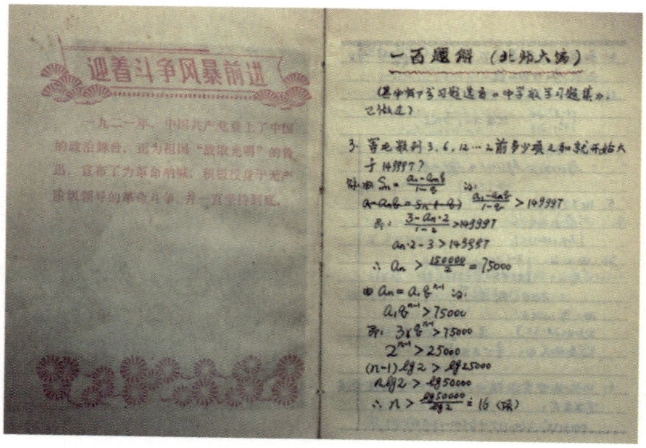

▲ 少年钟扬的学习笔记三

第三章

华丽转身

——奋斗在路上的才子佳人

四大才子和有文化的老鼠

2000年，复旦大学元老级人物、植物学家陈家宽把钟扬、卢宝荣、李博同时推荐引进到复旦大学。当时，卢宝荣正在菲律宾的国际水稻研究所搞研究，李博在日本读完博士后正要前往美国，33岁的钟扬已经在计算生物学方面很有建树，他是武汉植物研究所的副所长。这个研究所是中国科学院所属，级别很高，正局级。

这是振兴中国生态学科的前奏曲，这是一次时不我待的“拦截”，也可以说是一次真正的“留种”，把这些英才留住，让他们在更好的地方施展！

陈家宽教授认为：从大的方面说，上海的发展急需生态学科的科技支撑；从小的方面说，钟扬一直有当教师的梦，也许是父母的遗传，也许是他个人愿望，反正他希望从科学家转型成既搞科学又搞教学的教授，那么，复旦大学很适合他，一流大学很适合他。

中国科学技术大学的一个同学回忆少年时代：钟扬有时候会对着镜子练说话，听听自己的普通话是否标准，看看自己说话时的神态。为什么？他要为他将来当老师做好准备，他一直想当老师。他说：我妈妈生我的前一天，还在学校给学生们上课呢。

陈家宽教授事先问过钟扬：你在湖北已经是副局级干部，父母又在武汉工作，你下决心跟我来复旦大学了吗？

钟扬回答：我绝不后悔。

钟扬办完调离手续，匆匆赶到上海报到。复旦大学的后勤人员措手不及，那一晚，只能让这位副所长住进临时宿舍。没有床，就在会议室找了两条长凳，中间搁一块床板，上面垫些棉絮。

钟扬没有半句牢骚，笑着说：晚上我有住的地方了！

就这样，复旦生物学方面有了“江南四大才子”——陈家宽、卢宝荣、李博、钟扬。钟扬成了新上海人。

有没有大量顶级的优秀人才热衷从事教育事业，是衡量教育兴衰的标准之一。教育的含义，就是要使学生和学徒能做以前所不能做的事情。

当年，钟扬从合肥的中国科学技术大学少年班毕业来到武汉，是中国科学院武汉植物研究所去要来的，因为植物研究所多的是植物方面的专家，缺的是无线电和计算机方面的人才。

▲ 钟扬（左二）与陈家宽（右一）、卢宝荣（右二）、李博（左一）在一起

植物研究所的所长无论如何想不到，这个学无线电工程出身的小伙子，后来会成为响当当的植物学家，会成为武汉植物研究所的骄傲。

那时候所长告诉刚刚从北京林业大学分配来的高材生张晓艳：小张，你要多帮助多辅导钟扬，因为在植物研究所工作，多懂点植物非常重要。

那么，学无线电工程出身的，对植物几乎是门外汉的钟扬，怎么会在后来产生如此大的“蜕变”？他后来走的这条路不是“跨界”了吗？不是“变道”了吗？这一历程对很多关心钟扬的人来说充满了迷幻色彩。

钟扬后来说过一段话，可以作为他的这一历程的解读。他是这样陈述的：我在武汉植物园待了15年，现在的孩子一听15年就摇头。其实，很多研究生听几年音乐，复习几年外语，学几年计算机，再搞几年金融，合起来也是15年，却一事无成。假如你专注于一件事，15年也许就成某个领域的专家了。

是啊，用15年的时间进行油井勘探，进行古墓探寻，可能一事无成，但是用15年的时间在科研上攻其一点，学其一门，则很可能成为专家。

钟扬一到植物研究所，就把他的朝气蓬勃和生龙活虎带了进来，他事无巨细，样样都愿意干，干到哪里，哪里就有欢笑。

他当了湖北省植物学会的秘书。植物学会要开年会，还要开专题讨论会，钟秘书跑前跑后，忙得不亦乐乎；植物学会要给与会代表发一件文化衫，钟扬就和张晓艳一起，自己设计，自己丈量，自己跑服装厂，那文化衫上印着一片他们绘制的银杏叶，很有味道。

钟扬是植物研究所唱歌晚会的策划人，所有歌曲的歌词都由他自己来创作，作曲则是武汉植物园的王有为副主任。

钟扬是《武汉植物学研究》的编辑和出版者，征稿、校对、跑印刷厂排字，他包揽了。那时候还没有激光照排，铅字排版要人工把一个个活动的铅字从字库中夹出来，汇集成一个版子，然后捆牢，校样，最后送上印刷机……

钟扬在业余时间骑着自行车，到武汉大学做了旁听生。一年之后，

朝气蓬勃的青年钟扬

他背熟了所有植物的俗名和拉丁名。两年之后，他学完了武汉大学所有的生物课程，不再是植物的“门外汉”了。

钟扬的办公室在实验楼一楼最东边的那间，每一天，那间屋子的灯光总是最后一个熄灭的。所长悄悄观察到了，这个年纪轻轻的钟扬正在静静苦读，悉心研究，大胆探索，今后应该是大有前途。

受到“计算物理学”和“计算化学”的启发，终于有一天，钟扬提出了“计算生物学”的新概念，他把这个新生事物的边缘交叉科学，作为自己努力的方向。他和同事们开始把和植物相关的信息数据化，为植物的特征和形态定下了量化指标。

接着，钟扬和同一办公室的黄德四合作，完成了论文《数量分类的方法与程序》的写作；接着，钟扬创建了植物研究所有史以来第一个计算机室；接着，钟扬和伙伴们组建了水生植物室，深入开展水生植物的研究。在中科院所属几十个植物研究所中，武汉的水生植物研究始终名列前茅。

水生植物太多太多了，老百姓经常接触和熟悉的就有：荷花、茭白、水葱、芡实、菱角、芦苇、香蒲、慈姑、睡莲等。

1993年，钟扬又组建了植物计算生物学青年实验室。为什么是“青年”实验室？因为实验室的三条汉子都是小青年——钟扬、李伟和黄德四，都很年轻。他们后来获得了国家青年基金的资助，这个基金规定，研究人员必须在45岁以下，而这三个人都是30岁以下的毛头小伙子！

三个小青年靠着钟扬从美国带回来的计算机，开始了一场全新

▲《数量分类的方法与程序》封面

的探索，开启了中国计算生物学的绚丽篇章。他们在数量分类和分支分类上，在植物学和计算机交叉学科中，取得了重大进展。钟扬的高质量论文《计算机在植物学中的应用》发表在《武汉植物研究》期刊上。

当时，钟扬在计算生物学领域的探索在国际上也属于先行，青年实验室在数量分类学、分支分类学、数量生态学、植物数据库等领域取得了大量成果。例如，钟扬和陈家宽教授合作，在国内首先把数量分类和分支分类方法用于水生植物的研究。

有意思的是，当时“计算生物学”这个概念由于太过超前，大家便称它为“计算机在生物学中的应用”。钟扬的青年实验室成立

▲ 青年时代的钟扬同志在做植物研究

一年之后，国际学术刊物才有了“计算生物学”的提法。随后，国际计算生物学会成立了。因为计算生物学已经成为基础生命科学密不可分的一部分，深度融入了从分子尺度到生态系统尺度的不同领域——请注意以上这段话，它不是钟扬写的，不是黄德四写的，也不是李伟写的，而是后来和钟扬同时引进到复旦大学的另一位教授写的，他就是四大才子之一的卢宝荣。

最好的成功是最初的成功，最坏的失败是最后的失败。

我们每个人都有最初的成功，而只有奋斗终生的人才能得到最后的“失败”，也才配有最后的“失败”。那么，钟扬的“失败”是什么呢？钟扬有“失败”吗？

只要取得一点成绩，三个小伙子就要聚在一起喝个酒，吃个火锅，以示庆祝。

有文化的老鼠

“我们植物研究所的老鼠很有文化气息呀！”

黄德四和李伟是能喝一点酒的，但是和钟扬一碰杯，就成了“酒量实在太小”的人。钟扬一顿喝个半斤一斤高度白酒，一点事儿都没有，脸不红，心不跳，豪情万丈地高谈阔论，滔滔不绝，思路也非常清晰和活跃，丝毫不糊涂。

忽然，钟扬想起了一件事：小黄、小李，昨天晚上我在办公室修改了一篇论文，不要的部分和需要修改的部分，我就用小方格的白纸把它们糊上，用糨糊把它们贴掉，要的部分不动。今天早晨我上班到办公室一看，要命啊，我的论文被老鼠啃过啦，但是老鼠只啃我不要的那些文字，其他都给我保留下来了。看来我们植物研究所的老鼠很有文化气息呀！

哈哈哈哈，三个小伙子开怀大笑，开怀畅饮！酒喝干，再斟满，今夜不醉不还！

平时，他们三个还在一起打沙滩排球，打完后，浑身大汗，就跳到东湖里去洗个澡。

从此以后，三个小伙伴成了终身的好友，职称的晋升，岗位的调整，女友的选择……大家都会彼此征求意见。

后来，李伟成了在水生植物方面很有建树的研究员，黄德四成为高级工程师，他们是武汉植物研究所的中坚。

再后来，钟扬邀请两个伙伴专门到西藏去考察，订宾馆、选考察项目、参观布达拉宫……一切都由钟扬亲自安排，他们一起参加了西藏尼洋河流域水环境与水生态的调查。

所为家和花为媒

钟扬是从安徽中国科学技术大学毕业过来的，张晓艳是从北京林业大学毕业过来的，两个人都是“外地人”，都是单身，这样的单身年轻人在研究所还有好几个。于是，在食堂吃晚饭的时间被拖得很长很长，他们没有家，研究所就是他们的家，急急忙忙回集体宿舍干吗？“外地人”凑在食堂里谈笑风生，嘻嘻哈哈，自得其乐。

钟扬来到武汉植物研究所有明确分工：负责建设和维护机房，工作性质属于辅助。张晓艳是研究植物的，眼下正研究荷花，她干的才是研究所的“第一线”，所谓“正业”。

既然研究所所长告诉过张晓艳，让她多帮助多辅导钟扬。她就每天拉着他去观察水生植物荷花，现成的，研究所就在武汉植物园里，

荷花池边，花为媒

园内有大片大片荷花，荷花的品种达到 71 种之多！

多少个凌晨，他们两个相约，早早起床，结伴来到荷花池边，从荷花上的露珠开始观察，一直看它们如何迎着朝阳开出花来，露珠一眨眼地消失，再观察开花后的荷花有什么细微的变化……

优美的东西只存在于一个瞬间。飞机停在停机坪上，不好看；飞机在空中飞，也不好看。最好看的飞机是欲起而未起，欲飞而未飞的。

她一点一滴地为他讲解，他一点一滴都记录下来。他的大脑就像海绵，吸进去了，就储存起来，很少挥发和丢失。

有一天，钟扬突然冒出了一个想法，就跟她说：能不能把计算机知识应用到植物研究中去？

张晓艳提醒说：你得学点生物学，你得了解数据背后的生物学意义，不然，你处理不好数据的权重关系，对这些数据也不会有感情。

从此，钟扬一头扎进了生物学的海洋。

不久，这两个从大学同时毕业又同时进植物所的助理研究员，合作发表了第一篇论文——《荷花品种的数量分类研究》，这篇论文荣获了 1988 年湖北省优秀论文奖。

他们俩发表论文是联名的，他们俩工作时是走得很近的，他们俩的“约会”几乎是天天的，他们俩的关系越来越亲密。

同事们都在背后说：这是我们研究所的金童玉女嘛！

当他们两人全神贯注地观察荷花时，荷花也感激地等候着他们俩，有三个字悄悄在荷花池边发生：花为媒。单身的男女朝夕相处，爱情的“荷花”很容易悄然绽放。

他爱上了温文尔雅的她。她也很欣赏男子气十足的他。她看他，一开始搞植物研究就那么投入，废寝忘食地投入，全神贯注地投入，像刘姥姥走进大观园，到处漫游，出不来了，一天起码在办公室工作十多个小时。他还悄悄到武汉大学进修植物学专业，听植物学权威陈家宽教授讲课。

尽管他们俩的个性不太相同，他热情奔放，她内向恬静。

不久，张晓艳被派到中科院北京植物研究所深造两年，回到武汉之后，又被派到中科院上海植物生理研究所工作两年。钟扬立刻觉得不对头，他心爱的人可能会“跑”了。他对他的好朋友说：一个很漂亮的女性，她又酷爱研究，这已经很少了，并且她又有事业心，这个在概率上更少！她对我来讲，就是人生的一个缘分。

钟扬的担心不是没有道理的，张晓艳想留在上海工作，因为她的父母就生活在上海，再回武汉就要和父母分开。至于是不是和钟扬结合这件事，她还在犹豫不决之中。

一次，张晓艳回武汉植物研究所，钟扬在车站接她，提上她的行李时，他就开门见山：我把证明开好了。

张晓艳也没在意，问：什么证明？

钟扬说：我们的结婚证明啊！

张晓艳大惊：什么？我还没有同意呢？你怎么就把这个证明开

▲ 1984 年 6 月，钟扬（左）与张晓艳在武汉植物研究所参加公益活动

了呢？

钟扬哈哈大笑：没有问题，大家都觉得可以了，到时间了。

就这样，爱情的荷花幸福地绽放。张晓艳后来说：我就是这样“被胁迫”地领了结婚证。

给所长“送礼”和对父母尽孝

钟扬是 1984 年来到中国科学院武汉植物研究所的，当年他只是个实习研究员，他研究的不是研究所的“主业”——植物，而是无线电和计算机。1986 年，他就被破格提升为助理研究员，只用了 2 年时间。1992 年，他就被破格提升为副研究员，只用了 6 年时间。1996 年，32 岁的钟扬就晋升为研究员，仅用了 4 年时间。1997 年，钟扬担任了研究所的副所长，副局级，此次晋升仅用了 1 年时间。

用“直线上升”来形容钟扬是不过分的。

有人在背后议论说：钟扬晋升得这么快，还不是给我们所长送东西了啊，老是大包小包的，很多人都看见了。要不然怎么会……

▲ 1992 年，钟扬与张晓艳在美国密歇根州立大学

所长哈哈大笑："大包小包"倒是没错，他每次出差回来，先不回宿舍，一定是先到我的办公室，放下背包，把他学到的听到的向我汇报，然后再背上行李回宿舍——这就是他送给我的"东西"嘛。

真要说到"送礼"，倒也不是没有。

那个年月，一般人到欧美访学回国，大多会带回四大件：彩电、冰箱、洗衣机、空调机，这些在中国还罕见嘛！而钟扬和妻子到美国访学回来，却买了一套计算机设备和一台复印机，这是夫妻俩在国外用省吃俭用的钱买的。那么，他们准备在家里装上这套计算机吗？不，钟扬和张晓艳把这套计算机扛到了武汉植物研究所，送给

归国时送单位的礼物
我买的，要送单位的。
你买的，
还是单位买的？
还是准备倒卖掉？

了所长，送给了植物研究所。

计算机设备过海关安检通道时，海关人员问钟扬：是一套计算机吧？你买的，还是单位买的？还是准备倒卖掉？

钟扬啼笑皆非，回答说：是我买的，买了送给单位的。

海关人员诧异之极：不会吧？“送给单位”？来来，我们要照例仔细检查一下。

是啊，当下，在我们周围还有大公无私的人吗？公私兼顾已经属于优秀。买了设备送给自己的单位，送给植物研究所，在外人看来，纯属“脑子进水”了！可是所长最清楚，所里没有经费也没有指标添置计算机设备，钟扬是给所里雪中送炭！

2005年，钟扬应日本长谷川正美教授的邀请，到日本东京大学做访问学者，专题研究分子系统发育。那时候，他已经不在无线电方面继续深造，而是一个华丽转身，研读生物系统科学，他是中国武汉植物研究所正儿八经的植物研究员。

很多中国人说是到日本留学，其实是打工，把钱赚够了，回到国内开公司，做股票，炒房产；还有的留学生想尽办法取得日本国籍，留在东洋。而钟扬到日本是“纯读书”和“纯科研”，在日本获得博士学位之后，他就回国，继续他的课题研究。

1991年，钟扬应国际著名植物学家、密歇根州立大学约翰·比曼教授的邀请，来到美国搞研究。

这一次，除了植物研究，他还有另外一项任务：英语。因为有同事说过他：钟扬啊，你英语笔译水平很高，但是你的口语有很浓重的湖南口音。

钟扬一边搞研究，一边很热络地交了一个美国朋友，他向他学习英语，他向他学习中文。等钟扬从美国加州回来，他已经能说一口地道的美式英语了。以至于有一次，一个澳大利亚专家访问武汉，市政府指定钟扬去担任翻译。

在美国，潜心的研究让钟扬着了魔，他早上来得最早，晚上走得最晚，美国专家干脆把实验室的钥匙交给钟扬：钟先生，您随时可以进出，随时可以进行研究。

他们不担心钟扬的能力，也不忌讳这个中国人会“窃取”他们什么。反而，他们期待这个中国专家会传授给他们一些什么。

实验室不能抽烟，钟扬烟瘾犯了，就到室外狠狠抽上两支，然后再回来继续工作。从美国加州回到中国武汉，钟扬戒烟了。吸烟的好友问他：怎么回事？

他回答：抽烟的人在美国好像很受歧视，你也别抽了。

钟扬出色完成了美国国家自然科学基金会资助的课题“等级分类学数据设计”。在这项设计中，他率先提出一种新的交互分类数据模式（UNIC）和检测系统树差异的新测度，并据此建立了基于分类本体论思想的交互分类信息系统（HICLAS），为不同生物分类系统的整合提供了技术保障。

钟扬的相关论文在国际名刊《生物信息学》发表之后，引起西方广泛关注。欧洲学者随后发表的一些重要模型和系统，都引用了钟扬的 UNIC 和 HICLAS 系统，并肯定了它的优点和前瞻性。

美国生物学权威为钟扬举办了演示会。钟扬在会上介绍他的研究成果，引起了国际同行的极大兴趣。

1998 年，和美国人合作搞研究的规定时间到了，密歇根州立大学不想让他走，美国更是想永久留住他。出色的人才，有创造力的专家，是美国最欢迎的，美国不欢迎送外卖的、洗碟子的、背水泥的外国人。

只要钟扬点个头，美国绿卡就办好了。但是钟扬婉拒，他笑着说：合作研究的日期到了，我要回中国。

比曼教授问：钟扬先生，您为什么要回去？这里的研究条件难道不好？这里的待遇难道不高？

钟扬的回答特别平淡：第一，我是中国人；第二，我的爸爸妈妈只有我一个孩子，我是独生子，所以我要回去。

哦，“独生子”只是一个“借口”吧？如果钟爸爸钟妈妈生了四五个孩子，钟扬也会回来。孝敬父母为其次，报效祖国方为先。

一个内聚力和向心力都很强大的民族，是不容易被任何势力推倒的，是不容易让民众抛弃的。因此，对社会最重要的力量，不应该主要用于如何防止流失，而应该倾注于造就留住人才的环境，尽可能使得民众热爱家园，热爱祖国。

第四章

种下一片红树林

——献给未来上海的礼物

红树林和“遗传学实验”

钟扬调到上海复旦大学任教，数年后就发现了一个问题，一个上海人没有发现的“上海问题”，并且是一个很严重的问题：上海不是海滨城市吗？可上海的海滨是光秃秃的，没有充满魅力的沙滩，也没有茂密的红树林。红树林不仅好看，而且是一种陆地过渡到海洋的特殊植物，随着潮水涨落而若隐若现，它能起到很好的防浪护坡、净化水质作用。红树林每年每公顷能吸收 150 到 250 公斤的氮，吸收 15 到 20 公斤的磷，有红树林的海域，几乎不会发生赤潮。

钟扬心潮澎湃，立刻上报了关于在上海海滨种植红树林的项目申请：深圳的福田有红树林，香港的米埔有红树林，日本的冲绳有红树林，中国台湾的淡水也有红树林，上海为什么不能有？

内行的上级部门有关人员质疑：红树林最北种植地不是到温州为止吗？它在上海能种活吗？上海的冬天很冷啊。

好几位教授也劝说他：不能瞎搞，这个搞不活的。

钟扬问：为什么不让我试一试？红树都还没有种下去怎么就怀疑呢？只有种失败了才会怀疑。创新就是捅破窗户纸的勇气，我愿意做第一个捅破窗户纸的人。

随后，钟扬详细查阅资料，并且亲眼见到了一枚红树林化石，充分证明20多万年前上海就有过红树林。还有一点有利条件，植物对环境有很强的适应性，地球不是一天天变暖吗？在过去的100年里，全球表面平均温度大约上升了0.7℃，上海也在变暖。红树林在上海完全有可能成活继而成林。

他继续向上海科学技术委员会提出申请。

是活水就会有流动，流动就免不了"碰壁"，没有哪一条河不是在碰壁的冲撞过程中向前奔流。

终于，经过3年，这个有点天方夜谭的课题被上海科学技术委员会批准了。

2007年，钟扬在中山大学施苏华教授的帮助下，从广东珠海，把10种红树植物的幼苗运到上海临港地区，开始一棵一棵种植，总共12000株，有秋茄、桐花树、白骨壤、老鼠簕、无瓣海桑、木榄、拉关木……还有3种半红树：黄槿、海杧果和银叶树。

2008年的冬天，罕见的冰雪冷冻灾害席卷整个中国南方，上海

▲ 钟扬在上海海滩栽种红树林

的温度比同年低了 2℃。这突如其来的寒流给钟扬一个下马威，红树的小树苗全部冻僵！

红树是需要盐分的，需要从海里引水。但是，在这个寒冷的冬天怎么引海水？怎么放水？放多了，担心水太冷，结了冰，会把红树冻死；放少了，红树会旱死。

钟扬请来了海南东寨港国家级自然保护区负责人，他也姓钟，叫钟才荣，他带来了一批新的红树苗子，两人一起种植，并促膝谈心，商讨挽救死亡红树的办法，商讨怎么把新的红树种活。

又一年过去了。哦，小小的红树苗终于发出芽来，部分秋茄还结了胚轴。钟扬和钟才荣、施苏华，三个人欣喜若狂，红树终于在上海成活了！

可是隔了一个星期再去看，好不容易长出的红树树叶，全部让野兔子啃掉了，每一株只剩下光秃秃的杆子。

难道又全军覆没了吗？钟扬坚信，树叶都啃光了，但是树还是活的，树干还是活的，根还在生长的；钟扬还坚信，亡羊补牢，未为迟也。他便和同事们搭起了防止野兔进入的网。果然，防兔成功，红树又长出嫩芽和绿叶来。

钟扬开玩笑说：说不定这些兔子觉得红树不好吃，感到很纳闷，然后奔走相告，告诉自己同伴，那些看起来绿油油的植物真不好吃，千万不要来吃。

一个同事说："它们明明是喜欢吃的，是你拦了网，它们进不来了嘛！"

钟扬的红树林行动失败了好多次，但每次他都强迫自己干下去。再种，再培育，再观察。红树林这才在上海存活了，冒芽了，长叶了。

效果出来了，并且很明显：在种植红树之前，临港的这块地是干的，盐碱都往外泛。眼下，种上红树林之后，就出现了蝌蚪、蚯蚓和田螺，生物明显多了起来，土质也明显好转。

▲ 钟扬在海南红树林中考察

眼下，红树林中的桐花树已经繁衍到第三代，第三代能承受冬天 −8℃的寒冷了。秋茄也第一次结了种子，繁衍出第二代……

随后，钟扬和施苏华教授一起，获得了红树科种海生的红树植物以及陆生近缘类群之间的系统发育关系，确定了红树科种真红树为单系类群，而陆生类群则为多系起源。

总结钟扬教授的红树林行动，也许只要八句话就可以概括了，也许一句话也能说明问题了：红树分布界限被北移了 3°。可是，钟

▲ 南汇海边的人工红树林

扬和他的同伴们折腾了整整 8 年，8 年啊！

钟扬说：这是我献给未来上海的一份珍贵礼物，到时候上海就是一个真正的美丽的海滨城市了。当然，那要在 50 年之后，我可能看不到了。

2002 年，复旦大学学生在网上发布“告示”：钟扬教授和张晓艳博士的遗传学实验取得巨大成功，结果为两个新种：钟云杉、钟云实！

原来，这个“遗传学”成果就是两位博士的双胞胎儿子出生了，早产，一个 2.05 千克，一个 1.85 千克。钟扬给两个儿子取名字，一个叫云杉（小名大毛），一个叫云实（小名小毛）；一个是“裸子植物”，一个是“被子植物”。

钟扬早就深深跌入那个“牛角尖”，连生个儿子都是植物植物植物，种子种子种子！

钟扬笑了，解释说：到了孩子那一辈，一看名字就像找到了组织，就能聚在一起说这个的爹，那个的娘，该有多好！

钟扬所谓的“组织”，就是植物学，就是西藏，他多么期望两个儿子能走他走的路，喜欢他所喜欢的植物！

▲ 钟扬全家福

援藏申请和生物多样性

除了上海的红树林问题，钟扬还敏锐地发现另一个问题，也是一个很严重的“上海问题”。

钟扬从武汉植物研究所调到上海复旦大学，研究条件不可谓不优越，同事和学生不可谓不优秀，信息不可谓不灵通，资金不可谓不充裕，可是钟扬又发现了一个致命的问题：上海是我国生物多样性排名倒数第一的地方，北京是倒数第二的地方，而在这两个生物“贫乏”的城市，偏偏集中了我国生物多样性一半以上的人才（这个一半里面就包括了钟扬）。这就意味着我国有一半的生物学家待在本身没有东西可研究的地区，而这一半人可能就是生物学领域顶尖的学者！

是啊，如果让一个植物学家老是观赏办公室窗台上的绿萝和吊兰，他们会急疯的！多样性的植物一定是在高山峻岭，在深山老林，在河边江头，植物学家不在葱葱翠翠之中探索，难道只在窗台上自得其乐？

钟扬要打破这种不平衡，他早就有自己的看法：最好的植物学研究一定不是坐在邯郸路的办公室里做出来的。

上海复旦大学就在邯郸路。

老一辈植物学家蔡希陶虽然在云南有自己的植物研究所，是堂堂所长，可他也是长年累月奔波在西双版纳，在密林中披荆斩棘，悉心收集，而不是吩咐他的员工他的学生出去收集，而自己在办公室批阅文件，分配工作，尽管他可以这么做。

周恩来总理到了昆明要找蔡希陶，找不到，那个年头没有手机，只能失联。

过了两年，周总理到昆明要会见一位外国来宾，又想找蔡希陶。

恰好，蔡希陶带了植物标本和种子从热带森林回到昆明，两人这才促膝谈心，探讨水土流失问题，探讨树木保护问题，还有热带雨林生存问题。

要知道那是1961年，不是2016年，当时正大力宣传“伐木英雄”，谁砍树砍得多谁就是先进分子，谁就是英雄……一国总理和一位植物学家谈论的其实是国家大事中的顶级大事啊！

钟扬郑重向上级提出申请：援藏，我要到西藏去，我要作为第六批援藏干部到西藏去。西藏的植物资源从来没有彻底盘点过，那里有很多人类的盲点，这几年我已经和西藏大学合作了多次，我初步了解一些那里的情况，请批准我的援藏申请。

这不是自讨苦吃吗？优越的研究环境不享受，有空调的实验室不待着，却要到冷僻艰险的西藏去？

不，钟扬认为这是自寻甜头！全世界第一批确定的 20 多个生物多样性的热点地区，我国有三个，青藏高原就是三个里面的一个。那是一片未开垦的处女地，那是一片圣土。对植物学家来说，那里非但不冷僻，甚至还是热点！

一草一木，都令人有神思飞越的超脱，轻飘飘的灵魂会感受到自由，这绝不是城市里的"水泥森林"能给予我们的。

1804 年，西藏就出过一本叫《金珠本草》的藏药书，里面记载的药物竟然比《本草纲目》还要多。不要说清点西藏的全部植物，就是把这些藏药植物收全，也难能可贵。

钟扬执意要到西藏去，他不想老是躲在办公室和研究室里。只有当他和许许多多的种子在一起，他才兴奋无比；只有当他收集到人们还没有发现的种子，他才喜出望外。其他的，能令他激动的少之又少。

就像王进喜跳入石油大池把自己当成一台搅拌机，那是他深爱的石油啊，他丝毫没有想到什么"身先士卒"和"带头作用"，他觉得他就是祖国的一滴石油，他应该完全溶入在我们自己的石油之中！

钟扬的申请被批准了，两头兼顾，两头跑。

第五章

高原上的绽放

——西藏是每个植物学家都应该来的地方

劳碌命和大胃王

钟扬真的只身去了西藏，他担任西藏大学植物学教授，兼任校长助理。西藏大学有意请他担任副校长，他婉拒：不不，我是来搞研究的，是来教学生的，不是来担任领导职务的。

钟扬一到西藏就发现那里的落后和闭塞，比他想象的还要糟糕，堂堂西藏大学植物学专业简直是“三无”：没有教授，没有博士点，申请课题没有基础。

老师们用好奇的眼光注视着：这条突然闯进西藏大学的汉子，能为西藏大学带来些什么，能改变什么？

钟扬当着全校师生的面，承诺道：西藏大学的博士点如果拿不下来，我绝不离开西藏大学！

老师们心里暗暗想：这个教授是不是有点夸夸其谈？他能坚持多久？

有谁能想到，钟扬这一去不是装装样子，不是摆摆门面，不是一时冲动，也不是去16个月，而是去了整整16年！如果没有那场可恶的车祸，就会有26年，甚至36年！

钟扬教授的攀登开始了，向上，向上，向上，不断向上！

在西藏，他每年至少跑3万多公里，16年相加就跑了50多万公里，那么光是在西藏，他已经相当于绕地球12圈之多！这个统计数字还

▲ 野外考察中的钟扬

没有算他从上海到拉萨，从拉萨到北京，从北京到宁夏，从宁夏到新疆，从新疆到内蒙古，从内蒙古到甘肃……光是 2016 年一年，他就搭乘了 157 次飞机，多家航空公司都发给他航空金卡。

什么叫奔波，这才叫奔波！什么是劳碌命，这才是劳碌命！什么是激情澎湃，这才是真正的激情澎湃！

在西藏，钟扬很能吃，有时候一顿能吃下 7 个包子，3 碗粥，再加 4 个小菜。

▲ 钟扬和学生拉琼在野外考察的路上

什么叫大胃大肚，这才叫大胃王！

钟扬把自己的胃口撑得很大很大，人也开始不断发胖。为什么要这样？难道他对自己的胃口一点控制力都没有？不，不是的。

中科院物理研究所的曹则贤研究员（钟扬的校友）是这样解释的：中国科技大学有生物系、地球与空间科学系，还有天文系等，这一类的自然科学专业，在后来的职业生涯中有一个必然的要求，就是要出野外。而一个出野外的人一定要能吃，因为时常会遇到断顿的时候。所以钟扬就要养成一个习惯，就是有食物的时候就要多吃。

哦，居然是为了工作多吃，为了断顿多吃，绝对不是贪吃啊！

没过多久，钟扬对西藏的植物概况有了一个大致的了解，他告诉人们：青藏高原的植物有 212 个科，在植物科的等级，占全国的 1/3，在属的等级占全国 38%，超过了 1/3。青藏高原一共有近 6000 个高等植物物种，占全国的 18%，其中的 1000 个左右的物种只有西藏才有。而西藏的面积只占我国的 1/7。

他真诚地召唤他的同行：西藏是每个植物学家都应该来的地方。

播种未来之路

冰雹弹子和死面饼子

钟扬的足迹遍布藏区遍布高原，光是为了采集西藏巨柏的种子，就花了整整 3 年时间，最后才把世界上仅存的 3 万多株西藏巨柏全部登记在册，无一遗漏，填补了这一领域的空白。这一课题后来得到国家自然科学基金的资助。

3 年找到 3 万棵，1 年就是 1 万棵。钟扬平均每年有 150 天在西藏，那么，即使他到了西藏不干别的事，平均每天也要“拜访” 66 棵巨柏。要知道这些巨柏不是集中在一个公园里的，而是遍布一望无际的青藏高原。

钟扬到过西藏的墨脱，这是中国最后一个通公路的县。1992 年，中科院昆明植物研究所所长孙航等三位专家在这里考察过，钟扬是到这里考察的第四位中国植物学家。他在那里采集到许多种子，如获至宝。他到的地方离印度只有 25 公里了。在那荒蛮无人的地方，没有水不要紧，那就不洗脸；没有旅店也没关系，裹着大衣在车上睡；下冰雹了，他和伙伴们赶快躲进山窝子，免得被它打伤。

用艰苦卓绝来形容这次探险是非常贴切的。

2017 年，钟扬又一次来到墨脱，这一次走得更远，一直走到最偏远的背崩乡希望小学，他放下背包，给 160 名门巴族学生上了一堂生动的科普课。上课结束，钟扬对校长说：我准备为墨脱的希望小学捐献 10 万元。校长紧紧握着他的手：不能不能。比起钱，这里的孩子更需要您给他们带来科学的火种！

钟扬和伙伴们来到了西藏日喀则的嘎玛沟，车没法开了，那就骑马；连“马路”都没了，那就徒步。走进去，足足走了一个星期；走出来，当然又是一个礼拜。百余年来，嘎玛沟还没有植物学家的足迹，钟扬在那里采集到了大量奇种异苗。

越往上攀登，高原气候越寒冷。钟扬从上海一到海拔 3000 多米的拉萨，就会换上厚厚的衣服，有时候还围上一个带毛的西藏围裙。学生们看着他黑红黑红的脸庞，看着只有西藏人才围的围裙，不由笑了：钟老师，您真像一个藏族大叔！你就是一个西藏人！

钟扬的头上戴着一顶很便宜的西藏毡帽。学生们又笑了：钟老师，在我们西藏，只有赶毛驴的人才戴这样的帽子！说着，把那顶毡帽扔了，像扔飞碟那样扔到好远。钟扬赶紧跑过去把帽子捡回来戴在

西藏考察中钟扬的常用装备

▲ 钟扬和他的藏族学生

头上，笑着说：不是很好吗？

“西藏大叔”钟扬和他的西藏学生继续攀爬，他们爬到位于海拔 4000 米的香柏，采集植物种子和树枝。折下一根细细的结着果实的树枝，完成这个动作在上海大概 10 秒钟就搞定了，也就“啪”的一下，不费吹灰之力；可是在海拔 4000 米高的香柏，钟扬需要花 3 分钟才能折下一根树枝，必须大口喘气，休息一下，然后继续工作。这就是无处不在的凶险无比的高原反应。

我到西藏，有一位援藏干部告诉我：你就是在西藏一动不动，喝喝茶，看看报纸，你身体的消耗量，相当于在上海港当一个装卸工！

没有旅馆，他和同伴们就睡在藏民都不愿住的牦牛皮搭建的帐篷里。山上严重缺氧，煤油灯都点不亮，加了酒精才能勉强燃烧 1~2 分钟。既然不能生火，也就意味着晚上不能烧饭吃，钟扬和伙伴们只能吃一种特殊的粮食：死面饼子。

钟扬告诉过养尊处优的上海小朋友：这种死面饼子在平时你是打死也不愿意吃的，一个是没有任何味道，再有就是不好消化。但正因为不好消化，在野外长途跋涉才不会总是感觉到饿。

好吧，既然黑灯瞎火，既然不能烧饭吃，既然不能工作，还不如早点睡。可是，高原的夜晚极其寒冷，盖着3床被子还是冷得瑟瑟发抖，睡不着啊，迷迷糊糊地刚闭上眼睛，一会儿就被冻醒了。

第二天清晨，非常劳累的伙伴刚起床，他们发现嘴唇发紫的钟扬早就起来了，他正在把采集到的植物登记入册，压制标本。因为不压制标本，就会废掉，就会白白浪费了一天的采摘。枝条和叶片要压平、晾干。种子要摊开来晾，晾干的种子要打包和贴标签。如果有浆果的话，还要把"果肉"清理干净，否则就可能腐烂。

干完这些，钟扬就开始敲碎桶里的冰，试图生火，试图烧水，试图为伙伴们烧一顿热乎乎的早饭。要是在山下就好了，钟扬烧得一手好菜：鸡蛋炒青椒、熏肉炒蕨菜、回锅肉、麻辣手撕鸡……每款都有模有样，每款都美味可口。他的学生谁没有吃过他烧的菜？

他时常说：Students are always hungry——意思是：学生永远是饥饿的。当然，他指的不仅仅的肚子饿，还有精神上的饥渴。

钟扬回到上海回到复旦大学上班，早餐时常买两份，一份自己吃，另一份放在实验室，因为总有学生来不及吃早饭，那就让学生吃。如果没人吃，他就在中午把另一份吃了。

拟南芥和“XZ 生态型”

钟扬和伙伴们越爬越高了，他们爬上了海拔 4150 米的高山，寻找一种叫拟南芥的种子。全世界一半的植物学家都在研究这种拟南芥，因为它们相当于植物界的“小白鼠”。中国的植物学家正在研究的拟南芥，它们的来源一个是西班牙的，一个是哥伦比亚的，西班牙的拟南芥是从海拔 2000 米的高山上采来的。

中国的西藏的海拔比它高，几乎没有 2000 米“那么低”的地方。在这里，在青藏高原，能不能找到中国的拟南芥呢？如果西藏有的话，它是不是西藏隆起的证据呢？这一课题意义非凡。

拟南芥很难找，或许白费力也找不到。可是钟扬说：理论上拟南芥是存在的，按科学的方案是有可能找到的。我们无论如何都得找，为什么不试一试？

钟扬又要“试一试”了。

那天，钟扬的痛风病发作，一条腿抬都抬不起来，痛得他直冒冷汗。学生把他们的导师扶到一块石头上坐下：钟老师，要不我们歇歇？

他笑了：我没事。痛风有两个特点，一个是痛，一个是来去如风嘛！说罢，他捡起一根树杆，一瘸一拐带着队伍又向高峰挺进。

碰到要过河流或者溪水了，他就用树杆先探探，自己先走过去，等确认安全了，才让学生们过去。

看着钟老师高大的背影，蹒跚的步履，破旧的牛仔裤，泛白的登山衣，鞋底都已经磨平了鞋口都已经开裂了的登山鞋……好几个学生偷偷流下了眼泪。要知道，钟老师送给学生的鞋子，往往是最贵的“阿迪达斯”登山鞋，他多次关照学生：爬山，就要穿好的鞋子！可他自己……

钟扬想尽一切办法要找中国的拟南芥，没料到这个“都得找”，这个“试一试”，一找一试就是整整 10 年！直到 2013 年夏天，钟扬和他的学生许敏和赵宁，才找到了全世界海拔最高处的拟南芥，4000 多米，比西班牙的高出 2000 米，1 倍！

他们小心翼翼地把拟南芥送到上海，然后移种到室内。哦，这位来自高原的“朋友”居然活了！居然还结出了种子！

▲ 钟扬和学生在西藏高原上攀爬

这可是全世界一个崭新的生态型，说明青藏高原最后一次跟全世界其他拟南芥“分手”的时间，是在 19 万年之前，19 万年呐！

这个拟南芥太有价值了，也太神奇了。我最近翻看科普杂志《知识窗》，有一期（1804 期）上介绍说：拟南芥不仅有策略记忆，还有防御行为，它能探测到身上毛毛虫咀嚼造成的振动，从而分泌出油和化学物质，来驱赶昆虫。

卢宝荣教授用很通俗的话来解释：比如说拟南芥是世界上海拔最高的模式植物，相当于果蝇和小白鼠，很多科学家想得到它，以检测里面有别于低海拔拟南芥的特殊基因，这就相当于一个人每往一个高海拔区就抽自己一管血，来研究人对极端环境的应激反应。

钟扬就是要亲自去找那种东西，他只相信自己看到的东西。

拟南芥被钟扬作为模式生物，因为它在室内长得很快，种子也结得很多，遗传基因非常清晰。他给这种 4000 多米高山采来的拟南芥取名叫“XZ 生态型”。什么含义？那是他的两个学生许敏和赵宁的姓的缩写，X、Z，这也是西藏两字首字母的组合，X、Z。他没有给它取名叫“ZY 生态型”，用自己姓名钟扬的两个打头字母，尽管他完全可以那样做。

有一次，钟扬带领学生到西藏阿里考察，海拔太高了，一个学生因为缺氧而晕倒了。钟扬拿出氧气袋说：吸氧，赶快让他吸氧。

到了半夜，由于极度疲劳和高山缺氧，钟扬自己也出现了严重的高原反应——晕眩，气喘，无力。那个学生挣扎着拔掉自己的氧气管，要插到钟扬的鼻孔里。钟扬用一种很风趣的方式拒绝了：别动，都这么大的人了，这么不讲卫生，快点插回去！

同事们都说，钟扬最关心的，第一是种子，第二是学生，其次才是父母家人。国家法定的大大小小的节假日，钟扬都是在高原上度过的，很少与家人在一起。

他的学生扎西次仁说：钟扬老师对父母尽孝不够好，对妻儿不够关爱，与我们这些高原上的人有千丝万缕的关系，因此，我对钟老师的父母和妻儿，有一种做贼心虚的内疚感……

雪兔子和深潜器

钟扬的足迹继续攀高，向上，向上，还要向上！

2011 年，钟扬登上了 5200 米，那里是珠峰大本营了。他和伙伴们要在这里“逮”一种叫雪兔子的植物。结果，无功而返，没能找到这种神秘的植物，5200 米似乎是白爬了，白找了，白白受累了。

钟扬跟泄气的伙伴们说：过去，我们对登山，对科学研究，都会赋予其一种所谓成功的意义——登山一定要成功，科学研究攻关一定要成功。这是一种比较糟糕的观念。登山，有时候失败比成功更有价值，它体现的是一种精神；科学研究也如此，你做了很多次攻关都成功不了，但这种精神能够感染年轻人，从而让精神代代相传。

2017 年的 6 月，时隔 6 年，钟扬和学生扎西次仁、拉琼等，先是爬到喜马拉雅山的5200米高度，歇口气，整理行装，再加了900米，登上了海拔6100米的山峰，那里已经是攀登珠穆朗玛峰的探险家们最高的大本营了，再上去1000多米就是世界顶峰了。冰天雪地，狂风肆虐，抽打在人的脸上，不要说疼痛，呼吸都很困难。

要准备攀登珠峰的探险家们都感到疑惑不解：你们搞植物学的到这里干嘛来了，这里白茫茫的一片，都是雪，都是石头，哪有什么花花草草树树木木？

钟扬就是要在这个高度寻找这种叫鼠麹雪兔子的植物。如果能在这里找到，找到在如此高海拔、低氧、强风、强紫外线、昼夜温差大的地方能生长的植物，意义非凡，钟扬就能找出其之所以能适应的变异机制，探索一个种群内遗传的变异。

一定要想办法“逮住”这只雪兔子。如果袁隆平没有找到海南的那株雄性不育的“野稗”，杂交水稻也许不会在那一节点诞生。道理是相同的，如果钟扬不能在这个地方找到鼠麹雪兔子，那么……

6000多米了！太高太高了！藏族学生都劝钟扬呆在帐篷里：钟老师，您毕竟不年轻了，您是德高望重的教授，我们年轻，我们去找吧，您喘口气，歇歇脚。

值勤的武警战士也出来阻拦：教授，您不能去。

钟扬笑着对学生说：你能进，我也能进；你能爬，我也能爬！

拉琼摇摇头：西藏同学都叫你“钟大胆”，真是没错。

武警战士被彻底感动了：要不，我送送您，教授？

寻寻觅觅，仔仔细细，角角落落，找得钟扬和他的伙伴们头晕脑裂，气急胸闷，举步维艰，眼看就要趴在陡坡上再也动弹不了，就要被抬回大本营了，这时，大家才在一处冰川退化后裸露的岩石缝里找到了！一棵不起眼的高 10 厘米的鼠麴雪兔子，它长着灰白色的可爱的小绒球！

是啊，最危险地方的东西往往最优美的，最优美的东西也往往在最危险的地方出现。危险和优美，相互暗藏着对方，如同一柄剑的双刃。

我们的科学家终于在海拔 6000 米以上的北坡雪峰上找到了这棵宝贝疙瘩，凑巧的是就在同一天，我国的“蛟龙号”深潜器突破了 6000 米的大关，下到了很深很深的海底！我们中国已经可以在九天揽月，可以在深海捉鳖，6000 米还不是我们的终极呢！

钟扬欣喜无比地捧着这个小家伙，它的小绒球可比金球银球钻石球都珍贵啊！大家兴奋得一夜无眠，唱起了那首著名的藏语歌：世界上有多少玲珑的花儿，出没于雕梁画栋；唯有那孤傲的藏波罗花，在高山砾石间绽放……

要知道 1938 年，德国探险家已经在这个高度的喜马拉雅山的南坡采集到鼠麴雪兔子，从此以后一直被国际高山植物学专著和教科书奉为经典。如今，我们在珠峰的北坡上也采集到了，我们也有了，我们也是经典！

可不是吗，一个朝代翻过去了，一个古老的家族消亡了，可是一棵树一株草往往还挺立着，一颗种子往往还深埋在土里，它们记录着天气、土壤、阳光、雨露的变化，记录着人们的所作所为。

如今，我们如此积极地提倡植树造林，如此辛苦地寻找种子，那是我们的一次深刻的反思，那是我们的真诚道歉，那是我们和大自然的又一次严峻的对话。

▲ 鼠麹雪兔子

第六章

后悔的种子

——这样的例子在当代中国发生，将令一代生物学家痛心疾首

猕猴桃和杂交旱稻

下面这个故事钟扬已经不止一次对人讲起过——

1904 年，英国传教士和那些专门来寻找中国奇花异草的“植物猎人”，在宜昌农村发现了猕猴桃，这种没人吃的野生水果被英国人剪下 20 根枝条，带到新西兰去搞试验。结果，他们在这些枝条上破天荒地发现雌雄异株的可能性，终于，他们用一个副本，一个雄性和两个雌性进行杂交，杂交成今天的非常重要的品种，他们称之为：Kiwi Fruit。

Kiwi——是新西兰的国鸟，加上 Fruit 是什么意思呢？就是说猕猴桃是新西兰独有的东西。这个新造的词后来传到了中国，不知道是谁把它翻译成“奇异果”，似乎它已经和中国的猕猴桃没有任何关系了，是新西兰的水果，奇异得很。

这不是明目张胆地“偷”吗？“偷”去的东西怎么成了新西兰的“国有”？

以往，我们看到英国人一般是带着三种动机到中国来的，一是来打仗，二是来赚钱，三是来教中国人改信上帝，不要信佛。想不到还有神不知鬼不觉的第四种：“偷”植物。

数年前，新西兰国家生物资源会议邀请钟扬教授做大会报告，主持人说：请告诉我们，一个新西兰如何从中国偷了猕猴桃的故事。

钟扬笑了，他给他的新西兰同行留了面子，说：就算是“引进”吧。

其实，没有签证，没有跟我国任何部门申报，是不能称为引进的。

但是，钟扬告诫国人：这样的事情如果再在当代中国发生，那将是这一代生物学家痛心疾首的事情！要知道猕猴桃在新西兰取得成功的原因是来自中国的一个植物的基因，是广义上的种子。猕猴桃如今成了新西兰的第一大产业，养活了千千万万新西兰人。他们把很多猕猴桃种植在飞机场附近，摘下来就送往世界各地，赚取足够的外汇。

功夫是中国特有的，熊猫也是中国特有的，然而，功夫加熊猫，《功夫熊猫》这部电影却是美国人拍摄的……

钟扬说起话来响亮而明快，但他做起事来却悄无声息。他立刻和他的中国同行在湖北收集了70多种猕猴桃（不仅仅是一种），这些猕猴桃有的又酸又涩，有的又瘦又小，“但是它是我们今后的真正种子”，钟扬把它们都送到种子库里保存起来，他似乎害怕又有人要来偷这 70 多种猕猴桃。

猕猴桃，老百姓可吃可不吃，不吃猕猴桃可以吃水蜜桃，甚至不吃水果都行。但是，粮食就是必须吃的了，农作物是我们的生命之本。

很多年前，欧美专家从野生资源中筛选到矮秆基因，也就是说，农作物不需要长那么高，可以长得矮一点，果实可以结得多一点。经过多年研究和栽培，矮秆基因在墨西哥等国家广泛推广和发展，植物“个子”没那么高了，但是果实更多了。

中国不是没有这样的奇思和发现，袁隆平就是一个，他发现了一种叫“野稗”的野生稻子，经过反复选育，终于得到了杂交水稻，给中国农业乃至世界农业带来了一场深刻的革命。

钟扬和罗利军教授一起，到处收集生长在中国缺水地区的旱稻，它们的产量虽然不高，但是它们不需要老是泡在水里，不一定是“水稻”，而是一种“旱稻”。经过培育和杂交，两位教授培养出一个新品种：杂交旱稻。

袁隆平获得国家科技进步一等奖，钟扬和罗利军紧随其后，获得了国家科学技术发明二等奖（2013 年），这可是国务院设立的国家科学技术五大奖项中的一个奖项。

钟扬还两次获得教育部自然科学一等奖（2008 年和 2011 年）；

获得中国高校自然科学一等奖（2002 年）；

获得上海市科技进步二等奖（2007年）。

他是教育部长江学者奖励计划特聘教授；

他是国家杰出青年科学基金获得者；

他是中国植物学会系统和进化植物学专业委员会副主任；

他是全国对口支援西藏先进个人；

他是上海市劳动模范；

他是全国先进工作者；

他是上海市精神文明十佳好人好事奖获得者；

他是“特别关注教师”……

对于这些奖项和荣誉，钟扬不太在乎，他在乎的是那些“故事”，惊心动魄的“故事”，撕心裂肺的“故事”！这些故事不能再发生在中国！

有一次钟扬参与一个评奖，一位同事叫他发动自己的学生同事，也给自己拉拉票。钟扬笑了，摇摇手，走了。

花匠和“著名植物学家”

中国植物和外国人的“故事”还远远不止是猕猴桃。

20 世纪的初期的 1900 年，有个叫欧内斯特·亨利·威尔逊的英国人，不是悄悄地，而是大摇大摆地来到中国，他带着两个卫士，还有挑夫、翻译、助手，还有马队、狗，一路上耀武扬威，如入无人之境。

威尔逊何许人也？他不过是英国一个名不见经传的花匠，但是他受英国维奇苗圃公司高薪聘请，到中国来当“植物猎手”，目标是“偷”中国的奇花异草和奇珍异木。

他在湖北、贵州、四川……到处“旅行”，只要到一个地方，就要取走那里的植物样本。头两年，他一共采集了 305 种中国的植物种子和植物标本，然后统统带回英国。其中有中国的山玉兰、小木通、大白花杜鹃、尖叶山茶、虎耳草、盘叶忍冬、巴山冷杉、红桦、血皮槭等等。

1902 年 1 月，婚后不久的威尔逊再次接受维奇苗圃公司的派遣，来到中国，来到四川，专门寻找罂粟科植物全缘叶绿绒蒿和其他的植物。忙碌了 3 年，威尔逊又带着 510 种树种，以及 2400 种植物标本回到英国。

大喜过望的维奇苗圃公司专门用纯金和 41 颗钻石，制作了一枚形如“黄色罂粟”的胸针，奖励给他。

美国哈佛大学阿诺德植物园听说了这个能偷会盗的“猎手”，立刻聘请他到中国来“考察植物”。

威尔逊在中国不是“旅行”了 11 个月，而是整整“旅行”了 11 年，他收集了中国 65000 份植物标本，大约有 5000 多种！他不花一分钱，把搞到的 1500 种植物果木带到美国和英国。

他承认，中国的花卉是世界上最美丽的，中国光是杜鹃花的品种就达到 160 多种。他采集过 80 多种中国杜鹃，其中 60 多种被引往美国、英国，然后加以驯化。

也许，这些杜鹃摇身一变，已经变成“美国杜鹃”和“英国杜鹃”了吧？

威尔逊在他的笔记里没有提到另一件偷盗的事：他在中国采集了鸽子树。这种树其实叫珙桐，因为它开的花就像展开翅膀的鸽子，所以人们叫它鸽子树。威尔逊带着一个英国传教士曾经拍下的照片，按图索骥，来到湖北宜昌寻找鸽子树。终于，他在当地人的“配合”下找到了这种树，并且把它引种到英国。

鸽子树其实是植物界的“大熊猫”，如今是我们国家一级重点保护品种，外国人再也不能在中国随便采集！

威尔逊被英国人夸为“中国的威尔逊”，他再也不是什么花匠，摇身一变成了“著名植物学家”。他自己开的公司财源滚滚，因为他把中国的花花草草高价卖给了欧洲许多国家。

后来，这个叫威尔逊的英国人还写了一本书，书名简直是明火执仗：《一个带着标本箱、照相机和火枪在中国的西部旅行的自然科学家》。

昆宁汉姆医生和汤执中传教士

钟扬还知道更多的关于中国植物被盗的故事，可以说，封建中国的植物史就是一部耻辱史！

更早的 1689 年，英国“拿骚号”商船在厦门靠岸，一个名叫昆宁汉姆的随船医生下了船，他立刻到厦门乡下和鼓浪屿去了。他要旅游吗？他要为中国人义务看病吗？不，他开始在这些地方收集中国的菊花、兰花……小草也拔，苔藓也铲。然后，把它们小心翼翼装进口袋，返回“拿骚号”。“嘟”的一声船笛，这些中国的宝贝被他带回英国去了。

那时候，英国人只在图画上看见过中国的牡丹花、玉兰花、茶花和梅花，他们觉得这些奇特的花简直是虚幻的，世界上哪有如此美丽的花呢？

英国有关公司告诉昆宁汉姆医生：麻烦您再到中国去找找，最好是找到它们的种子。

一句话，没说的。他已经是这方面的“老手”。

从此，昆宁汉姆医生忙碌起来，窜进窜出，就像一只古怪的小老鼠。他在中国的山野乡村随意采集，不但收集种子，还收集每一种带叶植物的枝和茎，每一种都采集 3 个标本。

返回船上以后，他赶紧把植物样本弄干燥，然后轻轻夹入书里。他甚至雇用了 3 个画师，专门绘制中国玉兰、梅花、山楂、樱桃等植物的图画。画了 120 幅吗？不，整整画了 1200 幅，能画的都画走了！

多年后，中国的植物石竹、翠竹、梅花、牡丹……就开始出现在欧洲老百姓的庭院中。

昆宁汉姆医生在中国偷花盗草十多年，一直到他老了，老到实在跑不动为止。

于是，这项“任务”就由传教士来继承，他们一定要把他们的信仰传到中国，同时，一定要把中国植物“传”到欧洲。

有个叫汤执中的传教士到中国之前，向法国巴黎皇家植物园承诺：放心吧，我会尽可能多地把中国的植物种子带回来的！

从此，这个以传教为名义的汤先生，像一只勤劳的小蜜蜂，飞舞在中国的花卉树丛之中，不知带走了多少中国的植物，连臭椿和银杏都要。

他的行径被一些中国老百姓怀疑上了，上报到朝廷：皇上，有人在偷盗我们中国的植物！皇帝说：中国的花花草草多着呢，他们要，随他们拿去。大臣看不下去了，说：洋人是偷呢，皇上！皇帝想了想说：好吧，你去把他叫来！

汤执中来到朝廷，立刻向皇帝献上了两株含羞草：尊敬的皇上，您玩玩，很有趣很好玩的。皇帝用手指轻轻一碰，含羞草的叶子立刻闭拢了；过了一会儿，它又悄悄把绿叶展开了。皇帝顿时高兴起来，吩咐奴才们说：汤先生的事情你们可以不管。

封建王朝的中国，那时候我们真的非常宽宏大量，真的是宰相肚里能撑船，拿走就拿走，摘了就摘了，无所谓。

有人大声疾呼：为什么政府不管？让他们随便拿？

谁说"不管"了？清朝政府立刻派了兵丁保护这些盗贼，恐怕他们在中国发生什么意外！

这是掠夺？还是窃取？还是捷足先登？还是早一个世纪洋人的醒悟？我们是不是有必要到美国、英国和法国去讨回这些植物，至少是这些中国植物的种子？

英国爱丁堡植物园有植物品种40000种，馆藏植物标本200万份。

英国皇家植物园丘园已经建园200多年了，有植物品种38000种，馆藏植物标本700万份。丘园在世界植物园中属于公认的规模最大、植物品种最多、标本号数最全、引种驯化功能最卓著；它还是公认的植物分类学研究中心；它出版的两本刊物是最有权威的：一本叫《丘园植物目录》，另一本叫《植物图谱》。

在这两个英国植物园里，有多少是中国的植物？甚至已经在中国大地灭绝的植物？

一个群体与另一个群体的本质区别，不是肤色和高矮，而在于谁能更快地走出迷雾，谁更甘于长久地忍受欺凌和压迫。

上海辰山植物园正式开园时，竭尽全力，总算收到了9000种植物品种，辰山植物园成为国内面积最大的植物园之一，它也是全球同纬度质量最好、植物品种最多的植物园。可是它和英国丘园的植物品种相比，小巫见大巫了，只有人家的1/4。

辰山植物园想问丘园要种子，要标本，要活的植物。

丘园的回答很简单：拿真金白银来。

即使我们真的拿钱去，丘园也不会把它的另外3万多种植物品种都卖给中国的，肯定！

钟扬曾经到英国的丘园参观过，他一罐一罐查看那里收藏的种子，看完之后心里有了数。回国之后，钟扬告诉人们一个他发现的事实：丘园里没有中国西藏植物的种子，几乎没有！

不久前，英国丘园耗资8000万英镑，要做一个“千年种子库合作计划”，就是要以技术输出的方式纳入各国种质资源，并计划在2020年收集到全世界25%的植物物种。

我的天呐，种质资源的“战争”从来不是硝烟弥漫！

外国人正在抢搬中国花草，雇佣人力搬走，用远洋轮运回国

改邪归正和重蹈覆辙

钟扬还告诉人们另外一个故事：他认识一个英国人，是悉尼大学植物学系的主任，对国际植物的需求了解得非常清晰，研究植物也很有建树。可就在他生命的最后 5 年，却执意要到华中科技大学任教。最后，他把他掌握的所有专业资料还有他的研究成果，都留在了中国。

难道是这个英国人深深地爱上了中国这块热土？还是他对一个多世纪前某些英国人在中国所作所为的一种道歉？

还有一个英国人，不是植物学家，而是野生动物专家。多年前，他在各种不同的场合呼吁：要保护大型灵长类动物，尤其是大猩猩，它们是森林的园丁！因为它们的粪便，在以遏制全球变暖为目的国际再造林计划中能发挥重要作用。

什么意思呢？这个英国人解释道：大猩猩不是食草动物吗？以水果和植物为生，种子吃到它们肚子里之后不消化，随着粪便被东一下西一下排泄到森林中，这不是帮助植物种子的传播吗？不是有助于森林中许多种子的发芽吗？所以大猩猩是森林生态系统重要的一环！

这个强烈呼吁粗听起来很有见地，但细细推敲，难道这不是对人类极大的讽刺吗？保护地球，保护植物，保护种子，抵制“温室效应”，使树木吸收更多的排碳量——这样的重任不由人类来完成，竟然要拜托随地大小便的大猩猩。我们是不是还要拜托到处翻飞的小鸟呢？小鸟也把肚子里的粪便和没消化的种子到处乱拉。

人类不惭愧吗？

1949 年之后，外国人再也不能随便到我们中国的土地上来采集奇花异草和植物的种子。要采，必须经过批准；要采，有严格的限制；要采，必须登记在册……这些规矩是世界上是通用的，不是中国独有的。人们都意识到种子是比天还大的基因！

我曾经到北欧旅游，看到一片很漂亮的在中国没有见过的树叶，我很想把它带回来，赠送给我的一位特别喜欢树叶的朋友。可是导游说：还是别带了，弄不好我们整个旅游团都会扣在机场，谁都不能回国。

最近，有一部名叫《水果传》的纪录片被网友们争相点赞，拍这部片子的人是南京的一个小伙子王威，大学毕业之后，在上海的一家时尚杂志工作，他爱好旅游和探寻未知的水果，于是，他决定出国旅游，当起了“水果猎人”：找水果，摘水果，吃水果。他天真地以为在国外采集到什么水果都可以带回中国，都可以让同胞们尝尝，都可以用它们的种子在中国大地培养出某种外国水果来。

他的想法和我一样幼稚。

2017 年的 11 月，王威来到非洲的喀麦隆，一头钻进原始部落，他要采集一种罕见的神秘果，听说这种神秘果可以化酸为甜，改变人们的味觉体验。据有的科学家说，这种神秘果能提高糖尿病动物对胰岛素的敏感性。这对于无法进食糖类的糖尿病患者无疑是一道曙光。

奇异果很奇异，神秘果更加神秘。

王威刚刚进入喀麦隆的原始部落，就掉进了部落人设置的陷阱，他被吊起来关进了木质的大牢。部落的巫师用蹩脚的英语通知他：因为你想窃取我们的圣果，所以要惩罚你，我们部落的头领决定砍掉你的一只手！

我的老天爷！谁来救救我！王威吓出一身冷汗，神秘果没有搞到，反而把自己的手弄丢了。看来我将成为缺一只手的残疾人了！原始部落的人从来不吓唬人，而是说到做到！

就在他绝望地在大牢等待行刑时，一只从陕西富平摘取的柿子，从他的背包里掉了出来（其实，按规定，中国的水果也是不能带进别国的，检验检疫部门检查得非常严格），这个柿子鲜艳的橘红色吸引了原始部落的人，他们把柿子拿去交给头领。头领一高兴，说：用我们的圣果交换他的柿子吧。

于是，交易成功，王威的手也保住了，他和巫师还成了好朋友。

王威采集国外的奇异水果，一般是利用 GPS 定位系统和雷达装置来锁定他要采集的目标，或者雇佣一名当地的职业向导，直接到果园去，到超市去，到密林中去。但是，有些奇特的水果是当地权贵的特供，就像封建旧中国有些食物是“贡品”，比如贡菊、贡茶等等，是专门给皇帝享用的。碰到这种情况，王威就会和对方签订交换协议，用探险得来的其他水果换取自己想要的奇特水果。

王威先生做“水果猎人”已经有 7 个年头了，我真诚地希望他能通过正规的途径获取外国的水果和外国的种子，否则风险太大了。他应该引以为戒，记住汤执中，记住昆宁汉姆，记住威尔逊……不要重蹈覆辙。

英国馆的种子和钟扬的种子

2010 年，辉煌的上海世博会开张了，世界各国都不遗余力地不惜重金地打造出最美展馆，并且展出最好最出彩最代表这个国家的展品。

英国政府把英国展馆的策划布置交给谁呢？交给了著名的植物园丘园。丘园的种子不仅是在做科学，而是已经跟艺术结合，产生了奇妙的效果。丘园的科学家们把千万颗种子分门别类封装在特殊的材料里，然后展示给观众。世博会的英国馆简直就是种子的殿堂，别出心裁，别具一格。

应该承认，英国馆是世博会里全世界所有展馆里最漂亮的展馆之一，观者如织，人来人往，天天排队，从早到晚。可是很少有人知晓，英国馆里的上万颗种子，大约有 1/3 是中国植物学家提供的，也有钟扬提供的！钟扬提供的都是西藏植物的种子，这些种子英国丘园的库房里没有，几乎没有！

新华社确认：上海世博会英国馆的种子殿堂，其中 40% 的种子是中国植物学家钟扬教授提供的。

钟扬说：有些种子看起来非常小，但是在显微镜、扫描镜下，都特别漂亮，特别美丽，无论是结构还是色彩。这些东西表明什么呢？种子可能给我们的生活，或为我们今后的建筑，或为我们的艺术，或为我们的材料科学，提供崭新的思路。

这些叫人扬眉吐气的来自中国西藏高原的种子，让国人得到这样一个信息：钟扬教授正在奋起直追，中国的植物学家正在拼命收集种子，他们是永远“在路上”的科学家。需要提醒的是，他们不是追赶英国的丘园，而是和将要灭绝的植物争分夺秒！

早在 2009 年，世界自然保护联盟就公布：全球超过 1.7 万物种入围“受威胁物种红色目录”，2009 年上红色名录的植物种类最多，达到 12151 种，其中 8500 种有灭绝的危险，114 种濒临灭绝或者野外灭绝。

中国差不多每天就有一种自然植物濒临灭绝甚至消失——这个事实时时击打着钟扬，他真的好心痛啊，他要想尽一切办法，把他们收集起来，不让它们灭绝！

▲ 2010 年上海世博会英国馆

▲ 2010 年上海世博会英国馆种子殿堂

第七章

播种未来

——“西藏那边需要我，那边的事业我不能丢”

实地采访和《播种未来》

上雪原，下雪原，再上雪原，再下雪原；缺氧，富氧，再缺氧，再醉氧；到上海，飞西藏，再回上海，再飞西藏；上海的海拔是四五米，西藏的海拔是四五千米……“暴涨暴跌”的轨迹对人体的伤害是如刀似剑的，缺氧的环境会对人造成各种各样的伤害，它有瓦解和摧毁的强大能力，人们还不如一直待在青藏高原，身上的器官也许就适应那里的恶劣天气了。

关于这些，我深有体会，这也是我特别想采访钟扬教授的原因之一：钟扬是上海市第六、第七、第八批援藏干部。1998 年的冬天，我受上海市政府的指派，到西藏采访上海第一批援藏干部，因为再不采访，第一批援藏干部完成了 3 年援藏，就要返回上海了，第二批援藏干部已经整装待发；也因为再不实地采访的话，作者不会有亲身体验和写作灵感。

指派我的领导干部跟我明说：希望你和上海第一批援藏干部在西藏过一个有意义的春节。

我的身体还算壮实，从来不晕船不晕车，没想到一下飞机，刚到拉萨的宾馆就躺倒了，拉萨海拔有 3750 米高，冬天的青藏高原，空气含氧量只有 50%，我的心脏，我的血液，我的肌肉得不到足够的氧，于是头晕，脑胀欲裂，呕吐，吃不下饭，身子坐都坐不起来……

看来，我的采访计划要告吹，也许只能回到上海采访这些上海援藏干部了。

日喀则地委副书记让援藏干部想办法把我拉到亚东县去。亚东那个地方也有援藏干部在任职，那里的海拔稍微低一点，大概两千多米，绿树稍微多一点，含氧量也大一点。

一路上，送我去亚东县的援藏干部为我准备了三样东西：藏红花、氧气袋和旺旺雪饼。

到了亚东，果然，我能坐起来了，我能吃东西了，高原反应比较平稳了，我便开始了采访。我马不停蹄地跑了 4 个县和 1 个地区：亚东、江孜、拉孜、定日、日喀则，连续采访了 40 位援藏干部。

原来计划我只采访 10 位援藏干部，后来我觉得他们每一位都不容易，每一位都在西藏待了整整 3 年，每一位都做了大量积德的事，所以我干脆把他们“写全了”。要知道，我写的报告文学，也许就是这些援藏干部回到原来单位的一个“交代”，否则领导会问，文章里写了别的援藏干部，为什么没有写你呢？

每天，我还是头痛；每天，要靠安眠药才能入睡。但我还是坚持，像援藏干部那样坚持。我在西藏待了将近 1 个月，我深深知道在那里工作是何等的艰难困苦，这也是我对钟扬的西藏经历特别感兴趣和特别有体会的地方，我也可以算援藏的一分子，我对西藏有感情。

从西藏归来，我就落下了一个怕缺氧的毛病，大浴场不敢去，搭乘封闭式大巴，一定要找最后一排的那个可以打开的小窗边，坐高铁，坐了一个小时，一定要到车厢连接处去透透气。

高原病有 10 多种，从头顶的脱发、黑发变白发开始，到掉眉毛、红眼病、鼻炎、掉牙齿……一直到脚底的痛风。

钟扬不幸患上了多种高原病，而且都是“戴上帽子”的病：高血压，心脏肥大，窦性心律过缓（心跳只有 40 多下），痛风，头晕……他的其他高原反应还有好多种。

西藏大学副校长杨丹发现他的脸色青黑。他笑着说：我得了水肿，幸亏转为慢性，没有生命危险。

其实，钟扬身上的毛病已经很重，需要多休息为好，不能太劳累。可是他每天只睡三四个小时，每天忙到深更半夜乃至凌晨，天刚刚亮又起床了。虽然拼死追赶，但他老是觉得时间不够用。

钟扬用 A4 纸很节约，打印复印总是两面用，用完了 A4 纸，还不舍得丢，把空白的地方剪成一块块小纸片。小纸片用来干什么？

用来记录，每一张小纸上都写着今天或者明天需要办的事，做掉一件事，他就扔掉一张小纸片。

可不嘛？巨大的创造离不开巨大的遗忘。如果每件事情都塞在脑海里，那大脑就成了碉堡。从这个角度来说，善于创造的人往往善于遗忘。小纸片就是一种遗忘，或者说就是为了不遗忘。

然而，需要钟扬办的事情不是减少了，而是越来越多了。有人说这是恶性循环，也有人说这是良性循环。反正钟扬一直在和小纸片赛跑！

于是，他在等车、候机，甚至开会的片刻都在加班，学生们称之为“快速切换”和“断点续传”。有时候他站在候机室排队，等候检票上飞机，站着站着，就睡着了。

还有一次，他正批评一位研究生写的论文，那位研究生一直低着头，不敢看导师。可是钟扬只讲了 5 分多钟就没声音了。研究生一抬头，惊讶地发现钟扬老师站在那里睡着了。

他实在是太疲劳太辛苦了，然而，他创造的奇迹实在是太动人太闪光了。

一位上海的影视剧导演被钟扬深深感染，决定带上摄制组跟钟扬一起到青藏高原去，亲眼看他们采集，看他们整理，看他们生火烧饭，看他们趟过小河……专门拍摄一部长达半个小时的纪实片，他要为这位著名的植物学家渲染些什么留下些什么。

钟扬点头说：你先去了以后再说，我们调子稍微低一点。

导演的热情依然高涨：我要很好描述你在西藏的故事。

摄制组到达了海拔 3000 多米的高山，休息片刻，准备再向上进发。导演忽然躺倒了，恶心、呕吐、头痛，天旋地转，根本无法起身执导。接着，摄制组的所有人都出现严重的高原反应，拍着拍着就站不住了，摄像机扛不动了，话筒也举不起来了。纪实片的拍摄就此搁浅。

回到上海，导演根据已经拍到的极少的一点点片子，剪辑出一个 5 分钟的微电影，片名叫《播种未来》。尽管短小，尽管画面刚开始就接近结尾，还是打动了观众。该片获得了北京国际微电影节

▲ 钟扬与《播种未来》

的金奖。

导演并不知道，虽然少，但是他为钟扬留下了弥足珍贵的影像资料，以后再要拍，没有机会了。

钟扬在为朋友播放微电影《播种未来》的时候笑着说：你们瞧瞧，我是最会演电影的植物学家！

戒酒和戒西藏

2015 年的一天，准确地说是 2015 年 5 月 2 日，钟扬的生日，他去参加一个只有 5 个人参加的小型聚会。有个朋友发现了什么，说：钟老师，你今天怎么看上去那么累？

7 点 20 分，钟扬感到右腿像灌上铅一样沉重，夹菜的右手只握住了一只筷子，另一只筷子竟然掉到地上。服务员过来，为他换了一双筷子。右手不行，那么就用左手夹菜。他再次尝试用左手夹菜，还是不行，还是夹不住菜。

钟扬站起身说：我到洗手间去整理一下。

回到餐桌边，他一个踉跄，差点扑倒在地上。他说：没事没事，今天太累了。他再次拿起左手夹菜，筷子又掉到地上，服务员又来换。

钟扬心里明白，这绝不是累的缘故，也不是一般的晕眩，肯定是脑部出血的征兆。

在座的朋友，有一位是解放军大校，我国药学领域的专家，他立刻说：快送钟老师到长海医院去！要快！

由于长期高强度高海拔的工作，1 米 80 的壮汉终于在他 51 岁的生日的那天病倒了：脑出血。医生给他开刀，帮他吊针，叫他静养，同时命令他：不得下地！

钟扬的病很重，他不能处理他的那些小纸片了，他不能打电脑，他不能用笔写字了，只能静静躺在病床上，什么都做不了。钟扬不是医生，但是他懂很多医学，他知道自己的身体危机四伏。

那天，他对他的学生口授了一封像是遗言的信：

> 这 10 多年来，既有跋山涉水、冒着生命危险的艰辛，也有人才育成、一举实现零的突破的欢欣；既有组织上给予的责任和荣誉为伴，也有窦性心律过缓和高血压等疾病相随，就我个人而言，我将矢志不渝地把余生献给西藏的建设事业。

钟扬是重症病人，病床边不能缺人，这一天，由学生徐翌钦负责陪护。

凌晨 3 点，钟扬的手机闹钟突然响了：嘀铃铃，嘀铃铃，嘀铃铃！医生和护士立刻从值班室赶过来。小徐轻声说：钟老师，没事吧？您不用这么早起床，不用闹钟叫您，您可以继续睡，还早着呢，大家都在睡觉。

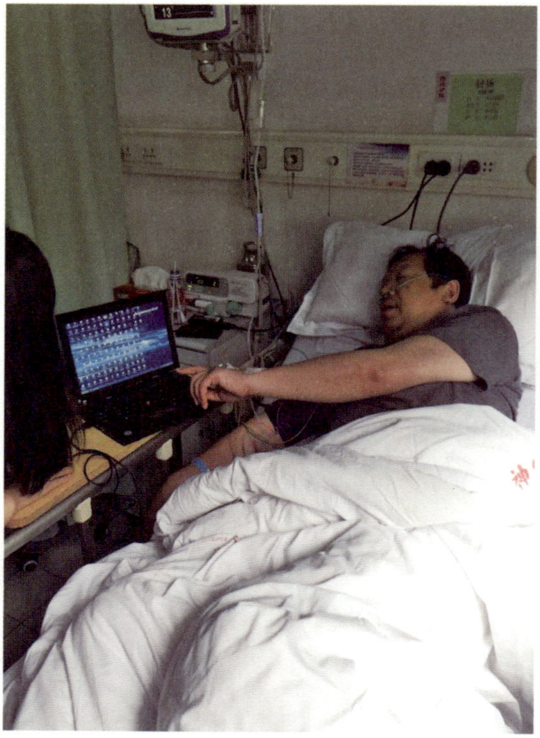

▲ 钟扬同志在病床上工作

钟扬笑着回答：不好意思，打搅大家了。

其实，就在别人下班之后，钟扬每天要从傍晚一直工作到凌晨3点。那个手机闹钟是他特地设定的：凌晨3点闹响，不是提醒钟扬可以起床了，而是提醒一直在工作的他可以睡觉了。钟扬每天真的只睡三四个小时，凌晨3点睡到清晨7点，他又像大家一样起床了，开始工作，应该说开始了一天的拼搏！

闹钟透露了他的“秘密”。

这次的危险期过后，得知儿子病情的八十高龄的钟妈妈，因身体不好无法赶到上海，她急得给儿子写信说：扬子，再不能拼命了，人的身体是肉长的，是铁打的也要磨损。我和你爸的意思是，今后西藏那边都不要去了，你要下定决心不能再去了。想到你的身体，我就急啊！

也是八十高龄的钟爸爸劝儿子：你要注意自己身体了，毛病已经这么重了，就不要再去西藏了，就不要再喝酒了。

钟扬回答：好吧好吧，我不再喝酒，短期内不坐飞机出差，去西藏考察的事情暂缓吧。

钟爸爸身高是 1.70 米，钟爷爷的身高是 1.60 米，不知道为什么，到了钟扬，身高达到 1.80 米，人高马大，气宇轩昂。

钟爸爸不会喝酒，钟爷爷也不会喝酒，一碰就脸红，一喝就醉倒。不知道为什么，到了钟扬这一辈，竟然特别能喝酒。小学毕业时，他就能在饭桌上代替爸爸喝酒，挡酒。长大成人之后，钟扬一顿喝个 6 瓶 8 瓶黄酒，再加上 3 瓶 4 瓶啤酒，一点问题都没有。喝高度白酒，也是 1 斤打底，可以接着往下喝。亲朋好友极少看到钟扬喝醉，真是“舒心的酒千杯不醉”！

钟扬承认自己的好酒量，他说过：人家都说我是复旦大学喝酒第一人，我看差不多。

喝了酒，钟扬从来不会失态失礼，不会胡言乱语，相反，高谈阔论，旁征博引，即使讲故事，也特别幽默风趣。

有个学生找他找到酒店，因为论文写不下去了，请钟扬导师指点一下。钟扬打趣道：来来，坐下，陪我喝酒和写论文，你选一样，陪我喝酒，喝好了，喝够了，那么论文我来帮你！

学生心想：那敢情好，有喝酒，论文还有导师帮忙。于是坐了下来喝酒。喝了三四两白酒，学生开始头晕目眩，而这个三四两酒，对钟扬来说还刚刚喝开头。来来，感情深，一口闷！

学生主动离开酒桌：我还是自己回去写论文吧。

钟扬哈哈哈哈大笑起来！

酒性，其实就是人性。古希腊的酒神精神，至今仍然使人类历史醺然不已。一个酒神精神，占去了人类精神重要的一部分，伟大的醉意，熏陶出伟大的创造。悲哀的是许多人把酒当成人生的补充，可见他们的人生还不如一只酒盅大。

眼下， 脑出血的钟扬必须戒酒了，他必须听钟爸爸的话，和心爱的白酒告别，为了身体，更为了那份采集种子的事业，为了心爱的植物学。他悄悄对他的同事说：酒可以戒，但去西藏我戒不掉。

没过多久，钟扬再次向上级递交了担任第八批援藏干部的申请书，他陈述的理由很简单：西藏那边需要我，那边的事业我不能丢。

他是第六批援藏干部，第七批援藏干部，再争取一次，加入第八批。上海市政府不同意钟扬的请求：你的身体条件太差了，医院也不会通过的。

钟扬自己掏钱到另外一家三甲医院去体检，然后把体检报告递给上级组织：我的身体条件可以到西藏，我的病好了。

他对前来看望他的西藏学生说：中国最长的国道是 318 国道，这条国道的起点是上海的人民广场，到西藏的终点，要绵延 5000 多公里。你们不是常说，沿着这条路往前走，就可以走到上海。这就是上海和西藏的缘分，也是我作为一个上海援藏教授冥冥之中的使命。很多事情也是一样的，路途虽然遥远，但只要一直走下去，一定可以到达。

钟爸爸听说钟扬又要到西藏去，很是生气：扬子啊，家里你照顾不到，老人孩子都不管，全靠你媳妇张晓艳。晓艳不是家庭妇女，她是同济大学生命科学学院的教授，也是博士生导师，她也有她的事业。你有事业，难道她没有事业？咳，你真是不靠谱啊，就当我是为国家生了你这么个儿子！

请原谅吧，我是您的儿子，我更是我们共和国的儿子。爸，请您理解我好吗？我还是要到西藏去，真的要去。

2012 年，西藏大学招收了首届理科硕士生，学校却面临着办学经验不足和基础课开得不全的双重困难。钟扬立刻跑到武汉大学生命科学学院，落实了这些硕士生的学习问题：第一年就在武汉大学读，第二年第三年再回到拉萨去读。

钟扬又跑到父母家，拜托二老多多关心这 9 个硕士生的生活。从此，钟爸爸和钟妈妈每个周末都把 9 个硕士生叫到家里吃饭，为他们炖一大锅红烧肉，让他们尽情吃。

钟爸爸暗暗摇头：扬子跟我一样，也是爱生如子啊！

钟扬请 9 个硕士生到酒店里去吃了一次武昌鱼，他悄悄给每人发了 1000 元的补贴费。学生们都以为这是西藏大学给的呢。

钟扬又邀请 25 位贫困山区的中小学老师到复旦大学培训，他亲自接待，亲自上课，给老师们讲解《将批判性思维引入中小学教学》。谁都不知道这次特邀的费用谁来出？

钟扬觉得他是被使命推着走的人，他觉得他是把生命浓缩了的人，他说过好几次：每个人都会死去，但我想为未来留下希望。再给我 10 年时间，老天爷最好再给我 10 年时间。

为什么要说这样的话？如果是钟爸爸或者他的老丈人说“再给我 10 年时间”，完全可以理解，老人们都渴望长寿，80 岁还没有活够，还可以活到 90 岁，100 岁。可那时的钟扬只有 50 岁，再给他 10 年，也不过 60 岁。博士生导师要到 70 岁才退休，他有的是时间！难道冥冥之中他预知了什么特殊的信息？难道他对他的生命周期有预感？难道他像很多圣人一样，把每一天都当作最后一天来度过？难道他和野生种质资源的蔓延式灭绝正展开一场最高速度的拼死赛跑？难道他就像上海人说的“搏命”吗？以命搏种！

是的，我们都无法延长生命的长度，却可以把握它的宽度；我们都无法预知生命的外延，却可以丰富它的内涵；我们都无法把握生命的量，却可以提升它的质。

第八章

把种留住

——一个基因可以拯救一个国家，一粒种子可以造福万千苍生

第一的创举和最后的“你抬我”

钟扬担任复旦大学生命科学学院副院长，担任生物多样性与生态工程教育部重点实验室副主任，担任上海市钟扬劳模工作室主任。钟扬时而在上海，时而在拉萨，只要一回到复旦大学，办公室就像门诊室，学生们排着队进去请教问题，同事们排着队进去商量工作。

钟扬喜欢在复旦大学上课和做研究，更喜欢待在西藏大学这个中国“最高”学府；是他，第一个争取到西藏大学国家自然科学基金项目；是他，第一个争取到西藏大学植物学一级学科硕士学位授予点；是他，第一个争取到西藏大学生态学博士学位授予点；是他，首先争取到西藏大学双一流学科建设。

前所未有的三大步或者说五个台阶，震惊了西藏大学，震惊了

钟扬援藏的丰硕成果
NSFC

西藏教育系统和全国教育界同仁。

钟扬悉心培养复旦大学的学生，更精心培育西藏大学的学生。他对他的研究生说：读我的研究生，你的基础差一点没关系，我帮你补，你只需要一颗热爱植物学的心。

他要培养一批西藏的采集生力军，帮助西藏建成一支能够参与国际竞争的植物学研究团队，这就是他的“播种”。

招生时，钟扬会问学生：你热爱植物学吧？

学生点点头：是的，老师。

钟扬接着问：那跟我去西藏吧？

学生犹豫半晌，回答说：那就算了……

碰到这种场面，钟扬的内心是相当郁闷的，他说：这个学生爱的是复旦大学，而不是植物学，更不是我钟扬。

钟扬有他独特的“计算法”：我相信百分率。优秀的人总是那么几个，在一个群体里面，适合做一件事情的优秀分子比例大致是固定的。现在北京的孩子中，可能前3个优秀分子出国了，前几十个去北大清华了，最后轮到我手上的，说不定排100多位了。但是，西藏学生中跟我读的人，一般都是前几名，若是按照比例来看，他们的聪明程度肯定高于北京来的学生。

到了2017年，钟扬已经培养了各族硕士研究生16名，博士研究生26名，博士后9名。最让他感到欣慰的是这些博士里有5个是少数民族博士，更让他感到欣慰的是，这5个博士中有4个都留在

▲钟扬（右三）与扎西次仁（右二）及其他同事、学生在西藏大学合影

了西藏工作，开始采集西藏植物的种子，开始研究生物多样性，开始踩着导师的足迹前行。

钟扬的理想是在我国每个少数民族中都能培养出一位植物学的博士，他知道，靠他一个人的力量是不能让中国所有的植物都留下种子的，要靠这 56 个博士，要靠 156 个硕士，要靠 1560 个学士……

还有一件事也让钟扬十分欣慰，他收了一名肌无力的学生为自己的博士生。这个学生在完成毕业论文答辩之后动了情：我今天很激动，特别要对钟老师说一声谢谢！他的胸怀像青藏高原一样辽阔，在他身上我看到了坚强和拼搏，看到了对生活和事业的挚爱。我期望有一天，也能到青藏高原去！

“到青藏高原去”——还有什么话能让钟扬老师更感宽慰的呢？

琼次仁是和钟扬一起搞研究的同事，不幸同时得了胃癌和肝癌，在他病危的日子里，钟扬总是抽空到成都医院去看望他，并且带去一大桶西藏雪山的山泉水。在他的病房里，钟扬大谈野外考察的进展，大谈亲自碰到的奇闻轶事，大谈各种有趣的故事……琼次仁在笑声中暂时忘掉了疼痛。

临终，琼次仁紧紧拉着钟扬的手：钟老师，我还没有和你合作够啊，我走时，你抬我，你抬我吧。这是一个藏族汉子所能够给朋友最深的信任啊！

佛家认为，布施分为财施、法施和无畏施。钟扬是不是深得其中三昧呢？他坚定地陪伴，宽和地倾听，适时地安慰，那也是一种精神的布施啊！

超前思维和后期处理

钟扬的妻子张晓艳教授说：钟扬的思维一直是超前的，他不但思考超前，实践也超前，他是个不折不扣的践行者，紧跟着时代的步伐，甚至走在时代的前头，所以有时候不为人们理解和接受。

张教授说得很中肯，也很尖锐。

一位藏族博士说：钟老师，现在的科学家都做些高精尖高大上的研究，那些立刻可以验证假设、发表成果的，所以做您的博士，我甚至觉得烦了，因为你去野外采种，采得再多那都不是你的成果，成不了论文毕不了业啊！

烦不烦？确实烦。可钟扬不厌其烦。

举例为证：钟扬带着他的学生收集西藏光核桃，不是收集一个桃子一个桃核留下一个种子就结束了，而是收集了 8000 只光核桃，装了好几麻袋；不是在一个地方的十几棵桃树上一下子采集 8000 只光核桃，而是要求两个采样之间的距离不小于 50 公里；不是把 8000 只西藏光核桃堆放到仓库里就完事了，而是动员全课题组的老师以及路过的学生，都到他钟扬的办公室去啃光核桃。这又酸又涩又小又难看的野果子，让大家足足啃了 3 天才勉强吃完。

很多藏族朋友一边吃一边呸呸呸：钟老师，你采错了，它真的不能吃，而且很不好吃。

钟扬难道不知道不好吃吗？不是，他知道这些东西以前是猴子吃的。

有的老师埋怨说：钟老师，吃过这些桃子，我一辈子都不想见你！

吃光了桃肉，剩下的就是桃核了，就是种子了，工作是否结尾了？还没有。钟扬动员大家用牙刷把桃核刷干净，刷完后再擦干，擦干后再晾干，这才把 8000 颗桃核都送到中国科学院昆明植物所去。这里的种子库是世界三大种子库之一，很多种子还是著名植物学家蔡希陶先生收集来的，就是那个会写小说的蔡希陶。

入库之后事情总告一个段落了吧？还没有，还不能马上入库。科学家们要看看桃核有没有开裂的，有没有虫蛀的，把所有的外观都做完了，再抽样进行发芽试验，发芽结束后，及时登记，最后，优中选优，筛选出 5000 颗种子，分别密封到专用的罐子里，放入种

▲钟扬在可可西里采集植物

子库。

这才算一个西藏光核桃的样，否则在钟扬看来就是“不像样”。这些光核桃的种子要在昆明植物所保存 80 年到 120 年，可谓百年大计。

昆明植物研究所的一座品字形大楼的地下一层，有 5 个 −20℃、湿度 15%、总面积 220 平方米的冷库，经过萌发实验的种子，被放入罐中，存入库中，永久低温保存。

世界上最引人注目的种子库是斯瓦尔巴特种子库，它设置在离北极 1000 公里左右的属于挪威管的永久冰川冻土层里面，它按照美国国家黄金储存库诺克斯堡的安全模式建造，外面包着 1 米厚的钢筋混凝土墙，隧道里有数道安全性能极高的密封门。自动温控系统会使空气交换机和制冷设备交换工作，把温度常年控制在 −18℃。它在科学设计上做得非常精妙和地道，已经考虑到人类在遭受核打击或者停电的情况下，能让那里保存的种子尽量不受影响。据说在那里储存期限最久的种子是高粱，不是80年到120年，而是1.95万年。

这个种子库被称为“种子方舟”和“末日种子库”。

对待百年大计怎能毛毛糙糙马马虎虎？钟扬反问他的学生：我就喜欢收集种子，我当个一般的教授又怎么样？

伟大的人和庞大的山有时候是一样的，站得太近往往很难看清。只有当我们离开一定距离，我们才能看清这座山原来如此庞大！当一个伟人离去时，我们才能发觉原来接触过的是一位顶天立地的巨人。

学生的逼问和老师的坦荡

另一位复旦大学的学生是这样理解的：钟老师的物理功底、数学功底和植物学功底是相当深厚的，现在做的收集工作是个铺垫，等收集完了，就是他擅长的数理分析了，未来10年可能硕果累累！

钟扬笑了，说：假设在100年后大家发现西藏有一种植物有抗癌作用，由于气候变化已经没有了，但是100年前一个姓钟的人采过，那时没有人在乎你是不是教授，反正终于发现了那个罐子，里面有5000粒，拿出来的一种，种子只有500粒能活，最后只有50粒能结种子，那么，那个植物不就恢复了吗？

还有一位西藏博士说：在西藏高原，种属鉴定很困难，有些植物必须等花期才能鉴别它的种属；即使同一个物种，在不同海拔梯

一粒种子可以造福万千苍生

度上的生长周期不同，拉萨的开花了，珠峰的还没开，那么就得分开采，今年没采到再等来年。距离太近的样本基本上在遗传关系上是一样的，那么也不能采，只能往前走。

钟扬点头赞同：海拔越高的地方，植物生长越困难。但是越艰难的地方，植物生命力越顽强。我希望我的学生就如这生长在世界屋脊的植物一样，坚持梦想，无畏艰险。我相信，终有一天，梦想之花会在他们的脚下开放。

还有个学生的质疑很直白，他问：钟老师，您为什么要做那么多看起来没有回报的事？

这个学生说的是现状，是现实，是现今，他说：一个高校的教师，采集种子，采集标本，是一个老掉牙的事情，很不高大上。眼下，大家都想做高大上的科研，做基因组学，做全基因测序，多在国际核心学术期刊发表论文。而采集种子既不可能产生高影响因子的论文，做标本也无法作为学术成果去报啊！

钟扬平心静气地回答这个学生：我们做基础性研究的，心里想的应该是前人栽树，后人乘凉。收集种子的最终目的除了为科学家自身的研究服务，更长远的价值在于保护濒危物种，为未来买个保险。这不是回报吗？这就是对我钟扬最好的最高的回报。

钟扬的这句话震惊过不少人，如今已经是钟扬的名言，让我们记住这句话：一个基因可以拯救一个国家，一粒种子可以造福万千苍生！

人们越是展示自己的才华，心底越是无私，那么他们获得的回报其实也就越多。任何东西只有先从你这儿流出去，才会有其他东西流进来。总之，你从别人那儿获得的任何东西，都是你原先付出的东西的回报。

谁都觉得这事该做，谁都等着别人去做，谁都埋怨别人没做，谁都觉得这事不难做，谁都觉得可能确实不大好做。钟扬和他的同事很明白这样的现状，于是，他们亲自带队，领着学生不顾一切地行进在寻找野生植物种质资源的无尽长路上。

其实，钟扬不单是让学生收集西藏的种子，同时鼓励大家开展和自己家乡自己民族相关的生物学研究，于是，他的实验室有了宁夏枸杞的研究，有了蒙古黄芪的研究，有了高原手掌参和山岭麻黄的研究……

有个学生有些迷茫，突然问道：钟老师，我们到底怎样做科学研究？

钟扬即刻回答：至少具备四种动物的品质才能做好科研。

什么？什么“动物的品质”？

钟扬笑了：是啊，一是要有狗一样的嗅觉，嗅到科学前沿的问题和有价值的研究方向。二是要有兔子一样的敏捷，想到了好的问题，就要马上去做。三是要有牛一样的勤奋，只问耕耘，不问收获。最后要有猪一样的心态，因为在科学研究的道路上，失败一直会伴随科学家，如果没有猪一样超脱的心态，放下包袱轻装前进的话，那科学家大都会郁闷而死！

大家都哈哈大笑起来。听完了，笑完了，细细琢磨，钟扬老师说的“动物的品质”其实不是笑话啊！

把根留住和把种留住

地球上的植物太多太多了，谁也说不准到底有多少棵植物生长在五大洲四大洋。专家粗粗计算，大约有 50 万种。植物分类学家用拉丁文把几十万种植物登记在册，分别标明它们是属于什么门，什么纲，什么目，什么科，什么属，什么种。

目前，全世界的科学家已经理出 300 多个大小不等的亲系，也就是科，最小的亲系只有一种，即银杏科。最大的科是菊科，在 23000 种以上。它们的形态、结构、生活习性以及对环境的适应性，各不相同，千姿百态。

当然，植物的科还不止 300 个。那么，还没有被发现被找到被入库的科怎么办？只有一个最简单的办法：打起背包出去找，哪怕悬崖峭壁，哪怕幽深峡谷，哪怕攀登喜马拉雅山。

千辛万苦找到了这些科又怎么办？植物做标本，种子入仓库，种属作登记。全部过程老老实实，踏踏实实，厚厚实实，没有一点“水分”，没有一点抄近路走捷径，不可能“弯道超车”。

中国有两种文化，一种是向前走的“做事”文化，一种是往后看的“做人”文化。钟扬的文化是超然这两种文化的大文化。

不少人老是想征服大自然。然而，大自然是我们能征服得了的吗？人类选择生活方式的准则之一，就是必须符合大自然的生态要求。我们还是学会和大自然和谐相处为好。向无穷无尽的宇宙挑战，是人类的不幸。试图将这永恒的悲剧转换为欢乐的人生，才是人类的伟大！

对于这些问题，钟扬思考得特别通透，他说：去西藏，与其说是支援，是援藏，不如说是学习。因为对研究生物的人来说，西藏就是世界的第三极，是我们的重要财富。

是啊，把根留住，还不是最根本的留住；把种子留住，才是留住了这个世界。在科学上，重要的是研究出来的“东西”，而不是研究者的“个人”。

中国的诺贝尔科学奖获得者屠呦呦一向默默无闻，但是，就是她和她的伙伴们从青蒿中提取青蒿素这种“东西”，挽救了数百万人的生命。青蒿就是一种植物。如果它们被发现之前就绝迹了，那么，人类永远不会知道青蒿里面的秘密，屠呦呦就无法拿它来发明“神药”，来与死神对抗！

在屠呦呦还没获得诺贝尔奖的数年前，钟扬就说起过中国女科学家可能获奖的信息，他说：我与一位接待过诺贝尔奖评委的日本科学官员探讨过相关话题，她曾经是日本最好的国立女子大学校长，卸任后成为日本科学理事会委员。她认为中国获诺奖是很有希望的，但中国科学家要沉下心来，多做原创性研究。她猜测，如果中国科学家获诺奖，很可能最早出现在女性身上。因为中国女科学家的地位、从事科研的热情和规模，超过了世界上任何一个国家。

这样的信息传递，对中国科学界来说是鼓舞人心的。

钟扬一直是笑眯眯的，可是他心里一直心急如焚，他又要对人们说了：西藏有 6000 个能结种子的高等植物物种，占全国的 18%，数量大，质量好。非常糟糕的是，由于全球环境的破坏，人类的剧烈活动，在了解和知道它能否被利用前，很多种子已经没有了！

第九章

山登绝顶

——他是中国为数极少的战略科学家

突变基因和大流感

哦，钟扬老师的时间实在是太紧太紧了，钟扬老师的步履实在是太急太急了，钟扬老师涉及的领域实在是太多太多了。

前面第五章里写道：钟扬教授的攀登开始了，向上，向上，不断向上！现在，我要阐述的是：钟扬教授的“扩展”开始了，向外，向外，不断向外！

钟扬不像他爸爸那样，是个政治老师，可是他在为中国多省多所干部学院专门讲授“干部创新能力和创新思维的培养”；

钟扬不是哲学系教授，可是他在“2016 复旦哲学大会”上专门讲他的哲学思考，题目是《基因进化中的哲学思考》。

复旦哲学大会是亚洲领先、面向公众的思想论坛之一，秉承了“守护思想、引领时代”的宗旨，致力于“哲学＋的时代，天才为之责任”，不是随便什么人都能上去讲一通的，有没有哲学观点？哲学观点是否深邃？是否有新意？

钟扬在哲学大会上讲了一个在学界耳熟能详的例子：20 世纪 50 年代的生物学家，都梦想解开 DNA 的神秘面纱。女科学家罗莎林德·富兰克林在实验室里用 X 光晶体衍射，拍到了 DNA 的照片，那是双螺旋结构的一个 X 形的对称的断面！这位大方的女科学家毫无保留地把照片给詹姆斯·沃森看了一眼。沃森惊呼起来：这就证明了我苦苦追求的双螺旋结构是正确的！

沃森和克里克用 1000 多个字，在《自然》杂志上发表了享誉世界的短文，并且获得了诺贝尔奖。但是，这份荣誉里面没有罗莎林德·富兰克林的名字。

钟扬讲完这个故事，会议厅里沉默了，它引起哲学大会与会者多少哲学思考和哲学联想？在那些寥若晨星的大名的科学丰碑的背面，是多少无名的奠基者在做着搬运工的事，但历史只会筛选出一篇文章或者一座奖杯作为铭记的参考。

钟扬在哲学大会上继续他的讲演：哲学家最喜欢用外因和内因，一个孩子到底是怎么学习好？可能是由于外因，可能是内因，这个解释是哲学的，因为哲学在普通人有两个特点，第一是非常的正确，第二是一点用都没有。我家孩子成绩不好，老师告诉我你们家的孩子内因和外因都有问题。我怎么说呢？说到内因，夫妻俩肯定要吵架，尤其女同胞会讲，你看这个孩子学习不好，都是从你那里来，因为她知道这个内因是父母双方有的。外因也包括老师和学校，所以我们每次讲以后对哲学还是有敬畏之心的，定义我永远用哲学，解决问题我从来不考虑哲学……

钟扬用切身例子，深入浅出地讲了哲学的内因和外因这个命题。

其实，哲学大师心灵中充满着深刻的矛盾，他们通过阐述这些矛盾来拯救自己；艺术大师心灵中也充满着深刻的矛盾，但是他们无法阐述这些矛盾，只得表达那些矛盾着的心灵来拯救自己。

钟扬参与了上海交通大学附属瑞金医院陈竺院士领导的日本血吸虫基因分析工作，负责动物分子进化树构建和适应性进化检测，对 300000 碱基对以上长度序列进行了系统发育分析，对 5000 个功能基因进行了适应性进化检测，获得了血吸虫进化以及与宿主之间相互作用的分子证据。

这篇论文发表在《自然》杂志上，后来被别的科学家引用过 240 多次。

钟扬参与了 SARS 病毒和 H1N1 的进化研究，他和同伴在《科学》杂志上发表论文，基于结构信息的进化分析新方法，研究了 SARS 病毒致死的进化机制，得出了两个作为罪魁祸首的突变基因。

钟扬和同伴们翻译了美国科学家约翰·M·巴里的著作《大流感——最致命瘟疫的史诗》，而后的 2009 年 5 月 16 日，他和中科院院士赵国屏开展了关于人类和流感之争的讨论。

赵国屏院士说：从动物到动物，动物到人，人到人，病毒对人类一步一步逼近，都与它们基因的变异相关，你可以杀或者不吃果子狸，但人不可能把世界上所有的禽类杀掉。所以，虽然流感病毒的天然宿主是候鸟、水禽，一旦传到家禽，就天天跟人在一起了。人不可能把家禽全杀光，再说，杀那么多是不是有效？也不一定。中间宿主非常重要。猪作为中间宿主不仅在流感病毒的基因重排上发挥了重要作用，而且在病毒传播的生态链上也发挥着重要作用。

钟扬分析说：我们经常要答复公众一些问题，比方说为什么流感这么厉害？我们能不能控制它？到底我们相信科学有何作用？我们会发现，科学在进化，人类在进化，流感病毒也在进化。流感病毒呈阶梯式前进，意味着药物再有效，也赶不上病毒进化的速度。因此，疫苗研制能不能赶上病毒进化的步伐是对人类的极大的挑战。做流感监控已不仅仅是疾病控制中心、生物学家或者医学家的事，它已经成为一个社会问题，成为各界都关注并为之努力的公共事业。例如，统计进化生物地理学之类的工具，已经为掌握病毒传播的历史，病毒所在地以及病毒在迁徙过程中的变化做出了贡献。

病毒、药物、治疗……钟扬和赵院士讨论的应该是医学问题，然而钟扬不是学医出身，也不是医生。

有人说，只有天才才有可能注释天才，一个天才对另一个天才的耐心聆听和争辩，延伸了天才们的声名，世界也因此才变得不那么死气沉沉，枯燥无味。

后来，钟扬面对大众做一个科普讲座时，把大流感这件事讲得既简洁又幽默，他说：和人类对峙的另一方叫自然，它们派出的“生力军”叫流感。

除了翻译这本《大流感——最致命的瘟疫的史诗》（它一直是排行靠前的畅销书），钟扬还和同伴们一起翻译了《生物信息学》《基因·女郎·伽莫夫》《林肯的DNA》《分子进化与系统发育》《水生植被研究的理论与方法》等书。

他还和伙伴们一同发表了著作：《基因计算》《简明生物信息学》《数量分类的方法与程序》《分支分类的理论与方法》。

▲《基因·女郎·伽莫夫》封面

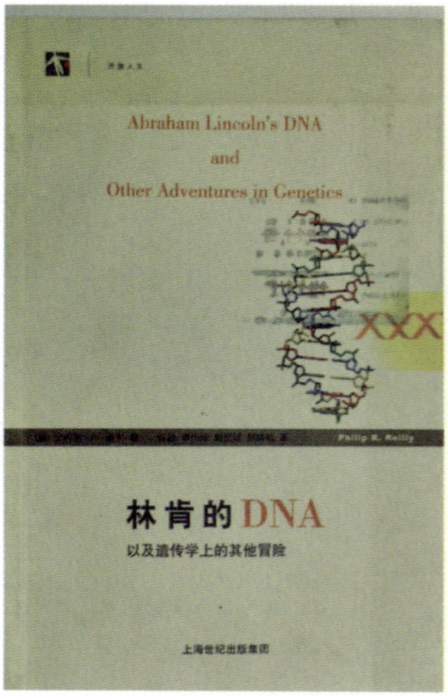

▲《林肯的DNA》封面

▲《简明生物信息学》封面

钟扬的书获得 2009 年引进版社科类优秀图书奖；

获得 2007 年上海优秀图书一等奖；

获得第五届文津图书奖推荐图书；

获得第五届吴大猷科普著作奖翻译佳作奖……

抗癌植物和舞台连续剧

钟扬在西藏工作的内容，涉及十几个物种的遗传多样性、保护生物学、谱系地理、化学成分、民族植物学、分子进化、植物解剖学、植物生理学、植物资源学……

钟扬在海拔4000米的青藏高原采集到了西藏香柏的种子，他如获至宝地把它们带到上海，带到复旦大学药学院。经过专家研究，这些香柏的种子除了有特殊的香味之外，还有抗癌的成分！

中国专家得出了这个结论，钟扬还不放心，还希望这项结论有更大的权威性。于是，他把这项研究结果传到美国，得到了美国药学会的认证：这种西藏香柏的种子，确实有比较好的抗癌效果。

钟扬极度兴奋，他设想好了：等这种西藏植物的抗癌成分变成抗癌药物，那么，他就要提出在西藏大面积种植西藏独有的这种香柏和其他有抗癌作用的植物了。这么一来，西藏的经济结构将得到翻天覆地的改观！青藏高原还需要发达地区去援藏吗？也许西藏可以到别的省份去扶贫。这个大动作将会轰动全球！

全中国，乃至全世界有多少癌症病人？“癌”的三个“口”可以吞吃掉一座“山”哪！有多少医生对癌症束手无策？如果这些病人吃了钟扬研制的这款由西藏中药组成的治疗癌症的新药，就会康复，就会幸福地生活下去。那么，钟扬完全可能获得诺贝尔奖。

钟扬说过：诺贝尔自然科学奖注重原创。我们应该及时记录各种科学发现和灵感。当我们有了大数据，也许还可以开展数据驱动型科研，而一些非常宝贵的数据可能导致原创性成果。

钟扬正在策划请一批科学家为中学生排演舞台连续剧，展示不同大学和不同专业。

这些，不是科研活动，似乎是文艺活动了。

钟扬是复旦大学研究生院的院长，他牵头设立 FIST 课程项目。所谓 FIST，就是复旦暑期集中式授课，其简称也暗含将其建成“拳头”项目的初心。

FIST 项目的特点有几个：第一个特点，课程师资由复旦教师牵头，而以海内外教学科研名师为主。请校外的学科专家、管理专家和德育专家，来复旦和研究生做一对一面谈，专家反馈意见，只讲问题，不讲成绩，专门挑毛病，然后向研究生提出指导建议，然后，专家向学校独立反馈检查意见。

从 2014 年到 2015 年，光是来自国内 38 个培养单位的 75 位专家，就对 1535 人次的研究生进行了一对一谈话，每次谈话时间半小时；

第二个特点，授课内容为集中讲授各学科的前沿热点和新兴的跨学科方向的发展动态；

第三个特点，授课时间以夏季为主，全年开放；

第四个特点，课程计算学分，纳入现行课程体系；

第五个特点，向全社会开放；

第六个特点，学术和应用相结合。

FIST 推出以后，提升了复旦大学课程质量，提高导师授课水平，扩大研究生学术视野，受到导师和研究生的广泛欢迎。这是教育舞台的连续剧。

钟扬取消了专业设置，取而代之的是建立文科、理科、医学和数学四个平台（这在全国属于首次）。

他告诫研究生们：复旦大学的同学都很优秀，但是从某种程度上来说，优秀也是影响大家更好更快成长的最大阻碍，你们每一个人身上都有很多光环，名校出身，海外联合培养背景，众多资格考试证书与很多名企实习经验，似乎看起来每个人都是竞争的优胜者。但是你们在仰望星空的同时，千万不要忘了脚踏实地，因为这个世界上的很多伟大都是熬出来的。

这些，也不是植物学研究，而是教育管理了。

博物馆图版和科普大讲堂

上海自然博物馆是“博物”的，其图版文稿内容涵盖了天文、地质、生物、人文等学科，文字要求兼顾准确性、前沿性和可读性。可是，上哪儿去找这样的“全科”科学家来把关？谁又能承担全馆图文版的撰稿？

上海自然博物馆寻寻觅觅，七弯八拐，最后在复旦大学找到了钟扬。他们试探这位教授，想请他出山。没想到钟扬很爽快地答应了，接下了这个要求高、时间紧、周期长的“烫手山芋”。

钟扬从拉萨回到上海，有时候拖着拉杆箱直奔上海自然博物馆，讨论会持续整整一天，然而一天时间只够讨论通过 10 多块最多 20 块图版的图文内容。全部完成是何等“吃”时间？总共有 500 块图版！

有一幅“生物一家亲”的科学绘画，把生物分类五界和三域系统综合表达，科学含量非常高。可是，这幅画绘制了大半年，迟迟不能落实，改了数次，还是不得要领。博物馆请钟扬参与进来，他立刻提出了具体的切实可行的修改方案，既可以规避一些科学争议，又能直观表达现在的科学公论。这幅画终于尘埃落定。

博物馆的专家赞不绝口：钟教授不但在具体科学问题上能给予专业指导，还是少数能在整体展览策划和展示形式上进行指导的专家。

这些专家也许不知道，钟扬还担任上海科技馆中英文图文的撰写，也是几百块图版，也是连续不断的讨论和撰写。

这些，有关植物学的内容很少，它涉及的面非常广。

钟扬在上海科普大讲堂为青少年办公益科普讲座，他已经构思了 100 个小故事，已经陆陆续续为小学生录下来。他要说的是：长颈鹿会不会游泳呢？老鼠会不会做梦呢？蝴蝶恋花究竟是受到颜色的吸引还是花蜜的吸引呢？渡渡鸟为什么灭绝了……这样的有趣话题，不要说青少年，就是对成年读者都是有吸引力的，都会引发无尽的思考。

钟扬说起了谁都没有见过的渡渡鸟：渡渡鸟在 17 世纪就灭绝了，灭绝之后，当地一种树后来也消失了。科学家发现，渡渡鸟会吃这种树的果子，经渡渡鸟消化后排出的种子才能发芽。因为两者有这样的关系，所以渡渡鸟灭绝之后，这种树也跟着消失了。渡渡鸟本

▲ 钟扬为青少年开办科普讲座

来就是在进化过程中留存下来的个体数量很稀少的物种，本身就非常脆弱，外界环境稍有变化，它们就灭绝了……

钟扬的心里还是有底的，认知还是非常清晰的。他认为：一个小孩子其实很难靠几本书来准确地了解科学道理，不过，书中那些遥远的故事，及其承载的有趣知识，会随着时间的推移，慢慢渗透进脑海。在某个不经意的时刻或场合，这些似是而非的知识，也许会与新的思想活动碰撞出火花，并以独特的科学气质展现出来。只有此时，长大的孩子才能真正体会到春风化雨，润物无声的人生意境。

这些，似乎是青少年的教育问题了。

▲ 钟扬为青少年讲解科普知识

钟扬和上海科技教育出版社商定，要出一套《西藏十年》的书籍，他的文笔相当好，能够创作高质量的诗歌和散文，写一些他熟识的科普故事，小菜一碟。

这套书一共10本：第一本《西藏——梦开始的地方》，第二本《第三极——何为极端环境》，第三本《生物多样性热点地区》，第四本《西藏特有的独特魅力》，第五本《墨脱——神秘西藏的最后秘境》，第六本《雪兔子——世界上最高的花》，第七本《藏波罗花——

岗巴拉山上孤独的选择》，第八本《寻找拟南芥的十年之旅》……最后一本《西藏——梦无止境》。

可惜的是，钟扬只写完3本，其他的7本就没有结果了。

很多人问钟扬：你一个堂堂教授，为什么要花这么多时间来给小朋友科普？

钟扬说：第一，科普一定要姓“科”，你的科学素养要高。如果你很久不在科学一线工作，思想就脱离主流了。现在一流的科学家都不写科普，许多写的人科学思想又比较老旧；第二，科普的载体属于文学范畴，你的文学素养也要高，现在好多科学家写科普太直白了。

请看，在钟扬的脑海里，确实有一条丝线牵连着文学和科学。

有人比喻说：社会要腾飞，一个翅膀是科学，另一个翅膀是文学——这样的说法是不是贴切？我没有把握。但是我对如下的一段话是欣赏的认同的：人们最高精神的连锁是文学，使无数弱小的心团结而为大心，是文学独具的力量。文学能揭穿黑暗，迎接光明，使人们抛弃卑鄙和浅薄，趋向高尚和精深。

钟扬的看法是真实的，也是真诚的，这个世界上没有无缘无故的向往，没有失去目标的尊敬，从逻辑上说，学生应当尊敬老师。但是老师如果死守老本，学术上没有新的建树和进步，那么，一旦走出校门，有出息的学生只有礼节和习惯性的尊重了，没有真心的崇拜。

钟扬应邀到南京理工大学为大学生演讲。讲完之后，当场就有3个学生表态，要从工科转到生物科：生物对人类太重要了！

我们都知道科学是有魅力的，但是很少人知道，科普的魅力也是无穷无尽的，宣讲科普的人也是伟大的。

咖啡和青稞

钟扬正在为物理学和环境科学做着大量的调研，他的物理和数学的功底相当深厚。

钟扬准备举办一个“研究生教育东西部对话”，不仅是国内的东西部，还有美国的东西部，还有全球的东方和西方。

就拿美国东西部来说，差异就很大，话题就很多：美国东部集中着最早的新移民，有举世闻名的常春藤大学和世界经济中心纽约，他们是含着银钥匙出生的，他们是读着名牌大学成长的，他们眼中的西部是偏远之地，那里的人们成长在大麻烟雾中，土了吧唧的。即使有高科技富豪和影视明星，也不过是没有底蕴的新贵暴发户。

西部人的眼中，东部人虽然很聪明很有文化，但是嫉妒心强，好斗易怒，他们生活节奏很快，整天绷着脸紧张兮兮，有点神经质……

钟扬要用50年的时间在上海海滨种植大片红树林，让上海的海滨更美丽，他要让大上海有真正的海滩。当然，他并不知道，世界自然基金会的专家任文伟先生，在钟扬活着的时候，已经开始推动在上海临港新城附近建设一个“钟扬红树林公园”。

2016年2月12日，文汇报头版头条刊登一篇文章：《复旦大学钟扬教授10年破解红树北移难题，备上一份“生态厚礼”送给后人：为50年后的上海栽下美丽的海岸线》。

钟扬已经在缺少经济作物的西藏墨脱引种了咖啡。他说：三四年后，让你们喝喝我们的高原咖啡！

他说的是“我们的高原咖啡”！

钟扬觉得中国生产的酸奶都是国外进口的菌种，每喝一瓶都要给外国人交专利费。他要想办法做出自己的酸奶菌种。他已经在藏族牧民家收集了牦牛酸奶，准备培育中国人自己的酸奶菌种。

钟扬特别关注西藏的主要农作物青稞。全球气候变暖，环境不断变坏，青藏高原也不例外，过去的60年，气温已经上升了2℃。

他警告说：凡事有个极限，如果当地的气温提高 4℃，西藏的农业将面临崩溃，而不仅仅是减产！

他计划提前培育一种“抗暖性”的青稞。他同时提出了“生态西藏”和“安全西藏”的新概念。

钟扬的大脑不停歇地运转，高速地运转，他涉及的领域不断扩展和延伸。可是，他哪来这么多时间来实施他的计划？哪有这么多精力来关心这些梦想？

有一天，钟扬的实验室又传出一条令人振奋的消息：我们研究了长寿基因，用生命期 5~7 天的线虫为实验对象，当某种基因被敲除后，线虫的寿命增加了 5~7 倍！

很多人对这项研究极有兴趣，问钟扬：是否只要敲除一个人的基因，人就会更长寿？寿命也增加 5~7 倍？

钟扬回答：摆在你面前，你挑愿意长命百岁，还是断子绝孙？就是这么简单，大自然就是这么安排的。它的哲学在这里，我一想就通了。……我们现在占用资源多，还长命百岁，别人还活不活？而且这个基因你没有发现它，大家乱吃东西，乱做实验，也影响过这个基因。要想长寿必须在一出生就除掉这个基因，也就意味着你将终身无法生育。那么，延长生命的意义是什么呢？

钟扬还在琢磨：美国医生在给病人注射青霉素时，为什么不做皮试？

后来他弄明白了，因为中国的青霉素质量控制不过关，所以必须先做皮试。

搭乘飞机的时候，钟扬想：为什么飞机在起飞和降落时，遮阳板要打开？

他问一位空姐：收起小桌板，调直座椅靠背，这些我都能理解。可是为什么要打开遮阳板呢？

空姐回答：我们培训的时候就是这样讲的。

没想到几天之后乘飞机，他又遇上了这位空姐。他问：你现在知道为什么了吗？

空姐老老实实回答道：还是不知道。

钟扬说：我已经知道了，我给你讲讲啊。早先的飞机，质量没有那么好，起飞和降落时都存在危险，尤其是降落的时候，发动机容易着火，发动机在翅膀上，驾驶员看不见，打开遮阳板，这样乘客可以看到窗户外的情况，发现问题能够及时告知驾驶员。你这是早先民航的培训教材，几十年没改过。现在飞机已经很安全了，你们应该把这个教材改一改了。

他涉及的是飞机发动机的领域，那应该是他的好朋友黄梵研究的事情。

高瞻远瞩的钟扬

哦，钟扬老师的所思所想所作所为，囊括了多少地区？多少领域？多少学科？多少行业？是的，他是植物学家，他是学问交叉的通才，他是科学界的思想家，但他更是一位行动中的战略科学家，有大局观的高瞻远瞩的战略科学家！

这样的战略科学家，我们中国太少太少了啊！

大熊猫的抑郁症和蜗牛的快跑

其实，钟扬的计划和想象还远远不止笔者上述的这些，他涉猎的领域还有很多很多——他研究过大熊猫不断啃竹子这个司空见惯的问题，大熊猫的亲戚们，其他的熊科动物都是肉食性的，为什么唯独大熊猫要以竹子为食？

钟扬和他的伙伴们已经研究出来了，原来是大熊猫神经递质多巴胺能调控代谢途径的基因，对大熊猫的选择产生了重要作用。

钟扬在一次酒会上半开玩笑半认真地说：大熊猫的减少，根本原因可能不是由于人类破坏了它们的生活环境，而是熊猫患有抑郁症，它为什么酷爱吃竹子呢？是因为竹节间有一种物质，熊猫吃了竹子以后，就像嗑了药一样兴奋。人们为什么要费尽心思找其他原因呢？

谁说一个搞科学研究的人不需要想象力？如果说经验有如一粒种子，想象却是一朵花；如果说经验有如一缕缕的丝，想象就是有花纹的绫罗锦绣了。

钟扬还要深入研究一下科幻电影、玄幻电影和魔幻电影。他认为科幻是建立在科学的基础之上，科幻是在你的星球上不可能发生的事情在其他星球上发生了，而魔幻是永远不可能发生的事情在你身边发生了。钟扬说：我很佩服卡梅隆，他为了拍科幻电影，历时14年，特意从哥伦比亚大学请来植物学、动物学和天文学的教授作为参谋，我不能不佩服卡梅隆的严谨态度！

谁说科学幻想就是胡言乱语？科幻是用幻想艺术的形式表现科学技术远景，或者表现社会发展对人类的影响。

钟扬还想写一部寓言小说，题目是《蜗牛，快跑》。蜗牛不怕热，不怕风，不怕雨，但它最怕的是盐。它一直过着幸福的生活，突然有一天地球变咸了，蜗牛的身体一点点缩小了。但是这只蜗牛特别聪明，它赶快跑，赶快逃离，终于进化成第一个光合作用动物。

谁说翻开这部寓言小说，看了开头就能猜到结尾？无穷悬念，无穷知识。有多少读者知道什么是“光合作用动物”？

钟扬还想在退休后写一部长篇小说，书名都想好了，叫《根》。这个书名和美国黑人作家亚历克斯·哈利写的《根》一模一样。所不同的是，钟扬想写的是他的家族基因起源的故事。

谁说植物学家就不能写小说？“基因起源”小说还不是一般小说家能写得出的，就像钟扬写不了商场小说和官场小说一样……

噢，这一刹那，我已经摸到了植物学和文学那根牵连着的隐秘的丝线了！

钟扬活着的时候讲过：人这一辈子是为了一件大事而来的。

是的，人的一生可以有许多尝试，但人的一生只能做一件事。很多人常常把许多尝试当成能做许多事。

对于钟扬来说，什么是他的“大事”呢？两个字：种子。

现在我们都流行讲初心，那么，一棵参天大树的初心是什么？是树叶吗？我们很多人拼命想挣脱树干随风而行，可是一旦挣脱了树干，树叶得到了远行，却失去了生命。参天大树的初心到底是什么？就是种子！种子也挣脱，也四处飘落，但是它们远行之后有希望发芽、长叶、生根、长高……长成一株小苗，一棵小树，一片树林。

钟扬是继蔡希陶之后我国出现的又一位伟大的植物学家，他是比袁隆平年少的植物学家，他是我们湖北，我们上海，我们湖南，我们安徽，我们西藏，乃至全中国的一颗泡不烂、砸不碎、冻不僵的金种子！他用自己这颗生命的种子，播撒在中国的大地，生根、发芽、开花、结果。

他真的是湖南新宁县的骄傲，真的是湖北黄冈地区的骄傲，真的是安徽中国科技大学的骄傲，真的是武汉植物研究所的骄傲，真的是上海复旦大学的骄傲，真的是拉萨西藏大学的骄傲……真的是全中国的骄傲！

第十章

至诚初心

“他如果泉下有知，一定会支持我们的行动……”

收不到的照片和抛锚的大铲车

16年，整整16年，钟扬带领他的团队已经在西藏收集到4000万颗种子（请注意，不是4000颗种子，是4000万颗种子），收集到4000多个植物的样本，还有近千种物种，占了整个西藏物种的1/5。

钟扬是这样规划的：在未来的10年中，他要再完成1/5，合在一起就能收集到超过西藏植物的1/3。在未来的20年，他和他的团队要把西藏的高等植物收集到75%……他时时刻刻处在强攻的姿态；他的拉杆箱就放在复旦大学办公室里，随时就能出发；他的登山鞋和毡帽就放在西藏大学，随时就能攀高。

令人唏嘘不已的是，钟扬老师已经没有“未来的10年”和“未来的 20 年”了！

一天，钟扬在西藏阿里地区考察，小车载着他在公路上急速行驶之中。

西藏的山体很松软，草皮和树木并不丰茂，时不时有大小石头从山坡上滚落下来。所以，西藏的司机养成了一种特殊的“本事”，既要看前方来往车辆，也要用眼睛“瞄”两边的山坡上的动静。一旦有石头滚落，立刻采取措施，或一脚刹车，或高速通过。

▲ 钟扬在西藏地区考察

那一次，钟扬逃过一劫，突然滚落下来的大石头“嗵”的一声砸中他的小车的车顶，幸好没有砸中车里的人。

2017 年 9 月 24 日，钟扬在内蒙古自治区党委举办的第一期干部能力提升培训班做专题讲座。讲完之后，回到旅馆，他拿出手机刷屏，立刻发现有微信进来，打开一看，是爸爸妈妈发来的两张二老的近照。他点了一个赞，发出一颗红心。

钟爸爸钟妈妈看到了儿子的点赞，当然是很高兴。可是不知为什么，钟爸爸这一次非但高兴不起来，还有点烦躁不安，他在床上辗转反侧，一夜没有合眼。他无法入眠，而以往，钟爸爸从来是倒头即睡，睡着就鼾声大起。

清晨，也就是 9 月 25 日清晨，钟爸爸早早起床，7 点钟就拿起手机，又给钟扬发了 10 多张他和老伴王彩燕的照片。过了一个小时，8 点钟，钟爸爸翻看手机，没有见到儿子的回音。10 点钟，再看手机，还是没有儿子的回馈……

这是怎么啦？扬子怎么没有点赞？难道他忙得点个赞的时间都没有？难道他还没起床？不会的呀……

钟爸爸哪里知道，儿子钟扬已经看不到爸爸发来的 10 多张照片，这些照片只能永远躺在钟扬的手机里了。

9 月 25 日凌晨，主办单位内蒙古自治区鄂尔多斯市城川民族干部学院为钟扬租了一辆车，通过省道，径直开往银川机场。天色是朦朦胧胧的，道路是笔直笔直的，时速限速 70 公里，可是驾驶员开着开着，越开越快，时速到104公里了，他竟然看不到路边停着一辆抛锚的大铲车，高速撞了上去！轰，车翻了，车头粉碎了，人伤了！可是，这么早，还没有其他车子路过这条鄂托克前旗的公路。一个小时以后，到了清晨6点，才有路过的小车发现的事故现场，才报了警。然而，一切都晚了……

上海生物信息技术研究中心主任李亦学研究员流着泪问：是什么原因让你在早晨5点（时差关系，其实是凌晨3点多），在一片漆黑时就急急忙忙赶去300公里外的地方上课？你为什么不能把讲课排到下午，亮亮堂堂地赶路，宽宽松松地讲课，再睡个好觉，然后优哉游哉地回到上海？你上有老，下有小，妻子儿女嗷嗷待哺，你为什么不为他们考虑，为他们多活几十年？他们不需要你崇高伟大，因为你已经足够的崇高伟大，他们不需要你再那么拼命，因为你已经送过半条命。钟扬，你告诉我，这是为什么？

听者无不涕泪长流！钟老师啊钟老师，这到底是为什么？

曾经有个记者在上海找不到钟扬，于是特地赶到拉萨，约钟扬采访。到了晚上9点，钟扬稍微有点空了，便把记者请了过来。

这一天，钟扬已经扔掉了18张记事的小纸片，也就是说，他已经完成了18件要做的事情。

这一天，钟扬是这样安排的：早上5点，从家里出发，晚上5点到达西藏大学的工作室；5点到7点45分，审阅学生的论文（修改学生的一篇论文，有时候要花费30小时甚至60小时，他用笔在论文上密密麻麻地提示，密密麻麻地修改）；7点到7点55分，晚餐；8点，为理学院参加挑战杯活动的本科生辅导；9点，约谈记者，谈到10点；10点到12点，与青年学者讨论野外考察的事情；12点以后，人们都入睡了，钟扬也钻进了被窝（因为宿舍里没有空调，非常寒冷），

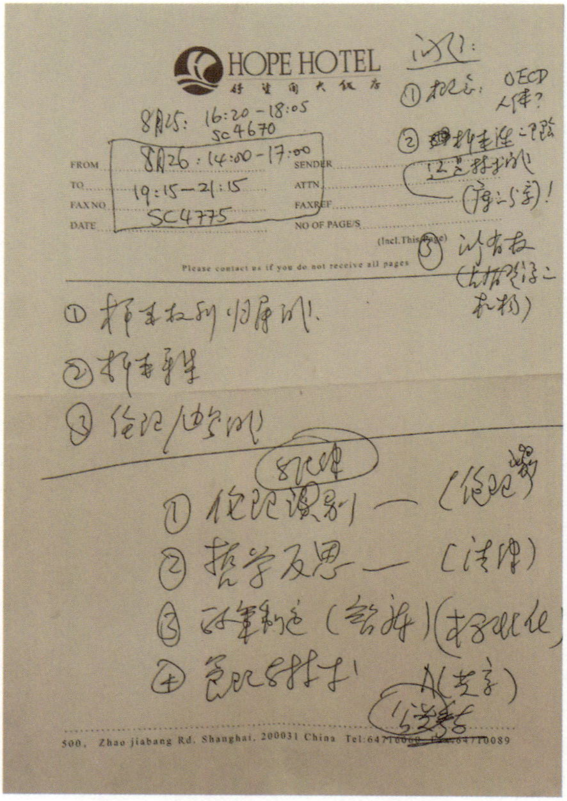

▲ 钟扬的工作安排便签之一

但他不是睡觉，是读书，是思考，是在电脑上回复各种各样的邮件，是一份静静享受的孤独。

钟扬一直忙到清晨3点，脑袋才碰上了枕头，才合上眼睛；早晨7点出发，他奔赴野外，开始采集种子……

这样的忙碌，对钟扬来说是“家常便饭”，是“规律”，不是偶然一天的“加班”。

儿子和劳模

2017年的小年夜，旧的一年即将过去，新的一年又要来到了。钟爸爸忍不住打电话给钟扬：扬子，你在哪里呢？

钟扬回答：爸，我在澳大利亚参加学术讨论会。

钟爸爸深深叹息：爸已经80岁了，妈也80岁了，还能过几个80岁啊？爸妈还能活几年呢？

钟扬回答：我知道了。

大年夜的晚上8点钟，有人敲门。钟爸爸去开门，啊呀，推门进来的竟然是儿子扬子，还有孙子大毛和小毛（云杉和云实），还有大包小包的国内的和国外带来的礼物。老人家喜笑颜开，紧紧抱住两个孙子不放。

一家人喝酒、吃菜、笑谈。辞旧迎新的时刻到了，听着中央电视台春节晚会倒计时的钟声：十！九！八！七！六！五！四！三！二！一！当！当！当……

钟爸爸老泪纵横，他没有想到，儿子的心里原来牢牢记着父亲的年龄和生日，牢牢记着每一年的大年夜和年初一；钟爸爸没有想到，这次过春节，竟然是儿子和他最后一次共同辞旧迎新，2017 年 9 月 25 日，钟扬就永远地离开了人世，离开了他所眷恋的故土，离开了他日思夜想的父母。

2017 年的 9 月 27 日，亲朋好友，还有钟扬的同事学生，从四面八方赶到宁夏银川市殡仪馆，向钟扬老师做最后的告别。来宾人头攒动，光是花圈就有 700 多个。殡仪馆工作人员说：我们这里从来没有这么多送的花圈，从告别大厅一直摆放到门前的整个广场，广场放不下，又重叠在四周绿化带上。

云杉扑在父亲的遗体上失声痛哭：爸，您敢走啊，我还没有长大呢，爸呀爸！我才这么小，您怎么敢走了呀！您不能走啊！您不是跟妈妈说过，我们 15 岁之前由妈妈多带一点，到了 15 岁都由您来教育您来带。爸，我们到 15 岁了呀，你怎么不带我们，自己走了呀！爸呀爸！

亲戚们硬是把跪倒在地的云杉拉起来。

守灵的时候，云杉的眼泪已经流尽了，他喃喃自语：爸，您终于可以回家休息了，明后天我就带您回家。也许，在另一个宇宙，

▲ 2017 年 9 月 27 日，花圈摆满了整个银川殡仪馆前坪

您随手把包放在副驾驶后面的座位上，然后坐到司机的后面。爸呀爸，您可能还不知道我已经是复旦附中的乒乓球运动员。要参加杨浦区乒乓球比赛之前，我们就在学校里自己厮杀，谁打赢了谁就出线，谁打赢了谁就代表复旦附中队。我出线了，成为复旦附中乒乓

悲痛中成长——云杉和云实

球代表队的一员。可是，老师和教练都觉得奇怪，别的同学参加训练参加比赛，他们的爸爸妈妈总是带着矿泉水、点心、毛巾，来给自己的孩子加油鼓劲，甚至全程陪同。而我的爸爸妈妈从来没来过，4年了，爸，您从来没来过，总是我独自一个人练球打球。有的教练在背后说：一定是云杉同学的爸爸妈妈离婚了，所以才不来。可是爸，你没有和妈妈离婚呀，你们的感情多深厚呀，只是因为你的工作太忙了，你根本没有时间来看看我打乒乓球。爸，我本来都想好了，这一次在杨浦区打比赛，我一定要请您来看我打一场球，可是，爸，您永远不会来看我打球了……

钟扬的小儿子云实泪流满面：爸呀爸，我是那么听您的话，那么依赖您信任您。爸，您怎么就不理我了呢？怎么就抛下我了呢？您叫我到上海共康中学读“西藏大学内地班”，叫我和藏族同学建立感情，学会讲藏语，我就去读了西藏班。同学们都觉得奇怪：你一个上海学生，你又不是西藏人，你来上西藏班干吗？中学毕业以后，您叫我到山东潍坊昌乐二中去读高中，鼓励我独立生活，学会接触各地方的人，您说一个男人一定要学会闯荡。我就背起书包到山东潍坊去读书。爸，今后我到哪里去找您商量好多好多事啊？

云实很小的时候曾经问过妈妈张晓艳：听说爸爸是劳模？劳模是什么意思？

妈妈回答：劳模就是劳动模范，这个人要很厉害，要比常人付出很多，要牺牲自己很多的东西。你想，爸爸是不是那样？

云实听了，沉默好久，说：妈妈，那你不要当劳模啊。

可不是吗？要是夫妻劳模都牺牲自己很多东西，谁来照顾两个小孩呢？

终于，90公斤的魁梧身躯变成了一捧骨灰，一个幸福美满的家庭结构被撞碎了，无情地留下了孤儿寡母，还有颤颤巍巍的老父亲老母亲老丈人老丈母娘。钟扬的妻子张晓艳泣不成声，几度晕眩，她说：人生有三大悲剧——幼年丧父，中年丧夫，老年丧子，钟扬家怎么都摊上了呀？

弃我去者，昨日之日不可留；乱我心者，今日之日多烦忧！

复旦大学生科院的院长无可奈何地说：钟扬在复旦的工作还好说，总有人可以顶上，但他在西藏的工作可能再也不会有人能补上了，因为没有人能够……

真是这样的。把钟扬引进上海的陈家宽教授写了七点“当务之急”：第一，钟扬教授事件的性质是烈士还是因公牺牲；第二，他留下的两个儿子教育与抚养；第三，他的遗物的清理和保藏；第四，他指导的在读研究生如何安置；第五，他承担的项目执行与经费管理问题；第六，西藏大学主持学科交接问题；第七，他的纪念文集出版问题。

陈家宽大声问：你们提议的工作站需要智慧和操作性，请问哪一位能领军？

钟爸爸跟西藏大学的校长说了一句既令人动心也令人痛心的话：

真是可惜，钟扬再也不能为你们做事情了……

中科院院士赵国屏教授写下了内涵深刻的挽联：

演讲传真知，谈笑间天宽地阔深入浅出，大智慧，挚友何日论旧文？

播种育伟业，征途上山高水急千辛万苦，硬汉子，后人谁敢续新篇！

赵院士写毕挽联，流着泪说：你为什么那么不注意自己的身体？你的生命不属于你，而属于你心中的梦，属于我们时代伟大的事业啊！

湖南湘潭市宝塔街道的一个居民完全被钟扬感动了，她写了一句很朴实的话：

一人一笔一行囊，一颗初心一种子，一俯一仰一场笑，一人独占一江秋！

时代楷模和钟扬教授基金

钟扬辞世后，教育部追授他为“全国优秀教师”的荣誉称号。上海市委印发了《关于追授钟扬同志“上海市优秀共产党员”称号的决定》。2018 年 3 月，中宣部追认钟扬为“时代楷模”。2018 年 6 月，中共中央追认钟扬为“全国优秀共产党员”，要求全国人民学习这位深深扎根祖国大地的人民科学家、教书育人的好老师、无私奉献的领导干部。

钟扬走了，留下 4 位 80 多岁的耄耋老人（钟爸爸、钟妈妈、老丈人、老丈母娘），留下了两个 15 岁的未成年的儿子（大毛和小毛），四老两少的中间就是张晓艳了，她忽然成了家庭的顶梁柱。

张晓艳泪水满面地说：有太多太多美好的回忆，直到我们在这里缅怀钟扬，我依然感到，他并没有远去。钟扬还在的时候，有时到了凌晨两三点，我会想，他怎么还没回家呢？是啊，他工作太忙了，也许现在某个遥远的地方忙碌着呢。

2018年3月25日，钟扬已经去世半年了。不知为什么，他的儿子云杉给他的爸爸发了一条微信：老爸，你知道你在哪儿吗？也许您在另一个平行的宇宙。愿您在我看不到的地方能好好休息，别把自己累坏了……

钟扬家的经济条件好吗？很一般，非常的一般。他曾经有一套住房，为了两个儿子读书的费用，他把这套住房卖了，自己只能住在丈人丈母家里。

有一年，钟扬组织了80个西藏的大学生到上海来考察和旅游，名为“西藏大学生走出雪域看内地”。费用谁来出？谁来赞助这次有意义的活动？谁都以为钟扬教授拉到了赞助单位，谁都以为不是复旦大学报销就是西藏大学出资。其实，都是钟扬自己掏的腰包，一共花费了30多万元，那是他多年的所有积蓄。

有人“追问”起这件事，钟扬轻描淡写地说：我不要求他们学到什么，只是想让学生们增长见识，看看外面的世界，看看不同的学习环境。还有，只要是西藏大学的老师要申报项目，无论成功与否，我都补助2000元。

这个补助又是从钟扬的钱袋里掏的，不是西藏大学出的。

钟扬离世之后，张晓艳教授整理他的遗物，在他办公室里，有满满两抽屉的没有地方报销的发票，那上面都有学生的签名……

我的眼眶湿润了，我很想发起一次捐助钟扬家的活动，大家都伸出援助之手，来帮帮孤立无援的张晓艳教授，来帮帮钟扬家。可是，我只是一个普通的作家，哪来这么大的号召力和权威性？我是不是应该找复旦大学宣传部，或者找到中宣部去，谈一谈我的想法？

有人和我想到一起了，就在钟扬去世的当天，钟扬的一个同学在同学群里发起一项捐款活动，大家都拿出一点，帮帮钟扬老师家。仅仅两个小时，就募捐到了几十万元。

张晓艳教授听闻这个消息，立刻叫停了这项捐款活动：请不要这样做好吗？谢谢你们，请不要。

2018 年的 3 月，钟扬家得到了交通事故赔偿金 138 万元，张晓艳郑重其事把钱交给钟爸爸钟妈妈。钟爸爸钟妈妈坚决不收，他们说：这些钱是我儿子用生命换来的，我们不能收！

钟扬的儿子小毛突然长大了，他说：对，这是爸爸用命换来的钱，我们还是应该用在爸爸的事业上。张晓艳同四位老人和两个儿子商量后，决定把这笔钱都捐献出来，成立“复旦大学钟扬教授基金”，专门用于奖励上海和西藏两地的优秀师生。

捐赠仪式隆重召开，张晓艳哽咽着致辞：今天，作为钟扬家属，我对复旦大学设立“复旦大学钟扬教授基金”感到非常欣慰。复旦大学是钟扬魂牵梦绕、钟爱一生的学校，正是因为有了学校历任领导的细心栽培和众多师生对他的全力支持与帮助，才让他有了今天学术上的成就。钟扬平时生活非常节俭，前些年，我跟他商量要不要考虑在上海买一个110平方米左右的改善性住房，他总是笑笑说，不急不急，再等几年。其实我知道，他哪里有钱买得起新房？钟扬不幸逝世后，我们全家人决定捐出钟扬的全部抚恤金，建议作为种子基金。有幸得到复旦大学的批复，设立了这个教育基金。我与钟扬1984年相识，相信对他有足够的理解，以他淡泊名利、爱生如子的博大胸怀，他如果泉下有知，一定会支持我们的行动……

张晓艳的致辞和捐助，在复旦大学掀起了轩然大波，复旦大学校友会立刻策划“领取一粒种子，种下一片希望”活动，在第一时间推送出一份捐赠倡议书：全球复旦人行动起来，为“复旦大学钟扬教授基金”播下一粒种子！大家来领取150粒种子，大家来筹集150万元，为“钟扬教授基金”播下第一笔“种子基金”。

仅仅过了24小时，就有142粒种子被领取，募集资金已经达到112万元，竟然有2748人捐赠钱款。到活动截止日，钟扬基金筹募的金额已经突破了200万元，有5000多人参与，181粒种子被领取，75粒种子成功发芽……

钟爸爸叫钟扬：扬子。学生们叫钟扬：钟大胆。同事们叫钟扬：拼命三郎。有一位生物学家是这样称呼他的同行的：种子先生！

啊，“种子先生”！好亲切的“种子先生”！好伟岸的“种子先生”！先生是尊称，种子是爱称。这颗叫钟扬的种子，这颗用生命当种子的种子，必将生根发芽，滋养中国大地，伴随我们一路追梦！

多收种子和少吃炒货

见不到钟扬的对钟扬的采访总算结束了，我发现打那以后我有了一些悄然变化——

首先，我开始收藏一点植物的种子。不是为了种植和栽培，因为我住在高层公寓顶层，那里没有泥土，物业公司也不允许我在屋顶上种东西。我采访一位植物专家时，他告诉我：种子是最接地气的，它们来自土壤，它们最想回归土壤。收集了种子，你就会有一种很踏实的感觉，尤其是住在高楼的人。

我就从我能够接触到的水果的种子开始收集：西瓜、枇杷、白瓜、芦柑、莲心、石榴、樱桃、黄金瓜、白梨、荔枝、杨梅、桃子……

我曾经到花鸟市场去购买花卉的种子。老板说：哦哟，你种什么种啊？你又种不出来。我们这里都有现成的，买一盆回去就可以了。

其次，我发现我变得不再喜欢吃炒货：瓜子、榛子、杏仁、花生、松子……以前我一直很喜欢吃。可是，这些香喷喷的零食不都是种子吗？万一我和我们，把某一类植物的种子都吃光了，也许那类植物就消亡了。

我知道我杞人忧天，我知道我还有些矫情和做作，但是我真的不再喜欢吃炒货。

植物，以及它的种子，未必能使人变得高雅，但是能叫人变得不那么愚蠢。请相信，种子里面充满着一种使人心平气和的美，充满着一种激情澎湃的力量。

再度聆听

我有一个梦想（钟扬）

我曾经有过许多梦想，那些梦想都在遥远的地方。

我独自远航，为了那些梦想。我坚信，一个基因可以为一个国家带来希望，一粒种子可以造福万千苍生。初到西藏这片土地，只为盘点世界屋脊的生物家底，寻找生物进化的轨迹。在漫长的科考道路上，我慢慢地意识到，这片神奇的土地需要的不仅仅是一位生物学家，更需要一位教育工作者。将科学研究的种子播撒在藏族学生的心中，也许会对未来产生更为深远的影响。生物多样性的排名，西藏在全国一直是前三，西藏还有很多没有被探索的地方。高原植物学人才的培养，不仅仅在课堂，也在雪山脚下、荆棘丛中。这一路总是充满艰辛，而我的学生，未来的植物学家，必须要学会克服困难、迎接挑战。

采种子路上经常会发生各种各样的状况。高原反应，差不多有 17 种，在过去的 13 年间，每一次我都有那么一两种。不能因为高原反应，我们就怕了是吧。科学研究嘛，本身就是对人类的挑战。海拔越高的地方，植物的生长越艰难，但是越艰难的地方，植物的生命力越顽强。我希望我的学生，就如这生长在世界屋脊的植物一样，坚持梦想、无畏艰险。我相信，终有一天，梦想之花会在他们的脚下开放。

这里有一片难得的香柏林，这种生活在海拔 4000 米以上的植物很有用处，我们今天多采一点。生长在海拔 4000 米以上的香柏，在复旦大学药学院提取出抗癌成分，并得到国际权威认证。梦想，无论多么遥远，总驻守在我们心底。创新的心永远无法平静。只要心在不断飞翔，路就不断向前延伸。我这 13 年在西藏干了三件事：为国家和上海的种子库，收集了上千种植物的近 4000 万颗种子，它们可以储存上百年；培养了一批藏族科研人才，我培养的第一个藏族植物学博士已经成为教授；为西藏大学申请到第一个生态学博士点，第一个国家自然科学基金项目。我希望，打造一种高端人才培养的援藏新模式。

任何生命都有其结束的一天，但我毫不畏惧，因为我的学生会将科学探索之路延续，而我们采集的种子，也许会在几百年后的某一天生根、发芽。到那时不知会完成多少人的梦想。

不是杰出者才做梦，而是善梦者才杰出。我是钟扬，一名工作在青藏高原的生物学家，一名来自上海的援藏教师。

文字内容源自讲述钟扬援藏工作的微电影《播种未来》

▲ 扫一扫，观看《播种未来》5 分钟视频

图书在版编目（CIP）数据

至诚初心，播种未来——钟扬：青少版/童孟侯著. --武汉：湖北科学技术出版社，2019. 3
ISBN 978-7-5706-0563-7

Ⅰ. ①至… Ⅱ. ①童… Ⅲ. ①纪实文学—中国—当代 Ⅳ. ①125

中国版本图书馆 CIP 数据核字（2018）第 253823 号

至诚初心，播种未来——钟扬：青少版
ZHICHENG CHUXIN BOZHONG WEILAI ZHONGYANG QINGSHAOBAN

策　　划：彭永东　何少华　　内文插画：皖　鋆
责任编辑：彭永东　　装帧设计：胡　博

出版发行：湖北科学技术出版社　　电话：027-87679468
地　　址：武汉市雄楚大街 268 号　　邮编：430070
（湖北出版文化城 B 座 13-14 层）
网　　址：http://www.hbstp.com.cn

印　　刷：湖北新华印务有限公司　　邮编：430035

720×1000　1/16　　印张：12.5　　118 千字
2019 年 3 月第 1 版　　2019 年 3 月第 1 次印刷
定价：56.00 元